www.tredition.de

Rudolf Specht

Die Märchenkerze

und andere Erzählungen

www.tredition.de

© 2013 Rudolf Specht

Umschlagillustration: Rudolf Specht

Verlag: tredition GmbH, Hamburg
ISBN: 978-3-8495-0587-5
Printed in Germany

Das Werk, einschließlich seiner Teile, ist urheberrechtlich geschützt. Jede Verwertung ist ohne Zustimmung des Verlages und des Autors unzulässig. Dies gilt insbesondere für die elektronische oder sonstige Vervielfältigung, Übersetzung, Verbreitung und öffentliche Zugänglichmachung.

Inhaltsverzeichnis

Die Märchenkerze 7

Der verlorene Tanzschuh 16

Das Kranichkleid 32

Ein Traum von Te Oweakoa 53

Der Schatzjäger 68

Der Unersättliche 95

Die silberne Kugel 128

Königin Dorotheas wunderbarer
Eissalon 135

Königin Dorothea und die
50-Jahres-Blume 197

Wie ich zu meiner Hochzeitsgeschichte kam 218

Die Märchenkerze

Jeden Abend, sobald der alte Mann eine brennende Kerze auf den Bürgersteig vor sein Haus stellte, verstummte das Leben in den Straßen rings um die enge Gasse. Leute strömten zusammen, Großeltern schoben ihre Enkelkinder nach vorne, Liebespaare drückten sich wie zufällig in die dunklen Ecken, die Ladenbesitzer in den benachbarten Straßen schlossen ihre Geschäfte und eilten heran, um ja nichts zu verpassen. Die Stadt war groß, so groß, dass man sich verirren konnte, wenn man morgens Brötchen holen ging, und in dieser Stadt galt der alte Mann als der beste Geschichtenerzähler. Er wohnte in einem Haus, das so klein war, dass man in den dritten Stock schauen konnte, wenn man auf Zehenspitzen davor stand. Die Gasse, in der das Haus stand, war eng, und daher ziemlich bald mit Menschen verstopft, wenn der Alte zu erzählen begann. Dann flüsterten die Zuhörer unaufhörlich die Geschichten, die er erzählte, den hinter ihnen Stehenden zu, und diese wiederum den Nächsten, bis in die Nachbarstraße, und die folgende, wo sich die Stille herabsenkte und Kinder und Erwachsene einfach auf den Boden setzten und zuhörten, bis schließlich die halbe Stadt seinen Geschichten lauschte.

Der alte Mann erzählte, während die kleine Kerze brannte. Er erzählte von schönen Königstöchtern und mutigen Königinnensöhnen, von feurigen Seepferdchen mit grüner Mähne und nachtschwarzen Ungeheuern mit grünen Zähnen, von Feuer spuckenden Drachen und Dampf spuckenden Maschinen. Seine Hände zeichneten die Figuren mit wilden Bewegungen in die Luft, bis die Zuhörer sie tatsächlich tanzen und kämpfen, einander jagen und einander umarmen sehen konnten. Der alte Mann erzählte immer nur solange die Kerze brannte. Schließlich - irgendwann kommt immer ein Ende - erlosch die flackernde kleine Flamme. Genau in diesem Moment war auch die Geschichte zu Ende. Dann seufzten die Menschen auf, als erwachten sie aus einem tiefen Schlaf, erhoben sich und trugen in ihren Herzen die kleine Kerzenflamme nach Hause.

Eines Tages brachte ein kleiner Junge in abgerissener Kleidung schüchtern einen Kerzenstummel zu dem alten Mann. Diese Kerze war etwas größer als die Kerzen, die der alte Mann sonst benutzte. Er besah sie sich, strich dem Jungen übers Haar, zündete die Kerze an und stellte sie vor sein Haus. Die Geschichte, die er nun erzählte, war etwas länger, und in ihr tauchten zum ersten Mal elfenbeinfarbene Einhörner und zwiebelschalenfarbene Zweihörner auf, Löwen mit Adlerkopf und Hühner mit Schlangenschuppen. Die neue, längere Geschichte war noch spannender als sonst. Als die Menschen diesmal nach Hause gingen, summten sie vor Erregung wie ein aufgescheuchter Bienenschwarm.

So war es nicht verwunderlich, dass am nächsten Abend wieder jemand dem alten Mann eine Kerze brachte, bunt marmoriert wie die Kacheln auf dem großen Marktplatz und erneut deutlich größer als ihre Vorgängerin. Die Stimme des alten Mannes erschuf nun geflügelte Pferde mit Menschenköpfen, die eine nicht zu bezähmende Gier nach Karottenbrei aufwiesen, schleimige Nachtmahre mit Augen aus kaltem Diamant, Spatzen mit den Haaren einer Frau und Menschen mit dem Hirn eines Spatzen. In die gebannte Stille hinein, in der die Zuhörer verharrten, warf die Kerze regenbogenfarbene Schatten, bis auch sie flackerte und hustete und schließlich der samtenen Nacht wich. Und so ging es weiter, jeden Abend brachte jemand dem alten Mann eine noch ein wenig größere Kerze, die Geschichten wurden mit jedem Mal leuchtender und länger und endeten erst, wenn die Morgenröte schließlich am Horizont aufmarschierte und die Kerzenflamme erstarb.

Eines Abends, als die Sonne sich bereits in den Staub des Sternenhimmels aufgelöst hatte, erschien einer der reichen Kaufleute der Stadt auf einem Wagen, auf dem etwas Großes mit einem reich bestickten Tuch verhüllt war. Als der Wagen vor dem Häuschen des alten Mannes zum Stehen kam, stieg der Kaufmann herab und riss mit einer weit ausholenden Handbewegung das Tuch zur Seite.

Zum Vorschein kamen: eine flache Schale, breiter als das Häuschen des alten Geschichtenerzählers, und darauf ein Monstrum von einer Kerze, größer als ein Mensch, schillernd und glitzernd und achtlos mit Perlen bestreut wie mit Puderzucker, die einen so süßen Duft nach Honig und Vanille verströmte, dass die Umstehenden reihenweise in Verzückung fielen.

Die Stadt hielt den Atem an. Würde der alte Geschichtenerzähler auch zu dieser wunderbaren Kerze eine Geschichte erzählen? Es war klar, dass in diesem Fall die Geschichte nicht nur einen Abend, sondern viele Abende, Wochen, Monate, vielleicht gar Jahre dauern würde. Die eifrigsten Zuhörer begannen, sich mit ausreichendem Proviant für die lange Sitzung auszustatten und mitten auf den Straßen weiche Lager aus Decken und Seidenkissen unter bunten Baldachinen aufzuschichten.

Der alte Mann überlegte lange. Er umrundete die Kerze, an einem Stock humpelnd, und betrachtete sie von allen Seiten. Aus einer Nebenstraße erschallten bereits eifrige Stimmen, die Wetten abschlossen, ob er die Herausforderung annehmen würde oder nicht.

Schließlich begann der alte Mann zu erzählen. Er erzählte von schönen Königstöchtern und mutigen Königinnensöhnen, von feurigen Seepferdchen mit grüner Mähne und nachtschwarzen Ungeheuern mit grünen Zähnen, von Feuer spuckenden Drachen und Dampf spuckenden Maschinen. Er erzählte von der Suche des Eisernen Prinzen nach dem Schatz des Eisernen Pferdes, und wie er stattdessen die drei Tränen der Göttin der Barmherzigkeit fand, und wie diese wiederum von dem Löwen mit dem Adlerkopf gestohlen wurden, nur um von dem Menschen mit dem Spatzenhirn gefunden und wieder verloren zu werden. Er erzählte von der Reise des Eisernen Prinzen durch die Wüste ohne Wiederkehr, durch das Meer ohne Mäßigung und durch das Land ohne Liebe. Die Zuhörer hingen an seinen Lippen, seine Worte flossen hinaus in die Straßen der Stadt, in der aller Verkehr zum Erliegen kam, als habe ein dichtes Traumgewebe die Menschen erfasst. Doch die große Kerze hatte erst wenige Tropfen an Substanz eingebüßt, ruhig und hell brannte ihre Flamme wie eine Sonne in der Nacht, und daran erkannten die Umstehenden, dass die Geschichte erst begonnen hatte. Dabei kämpfte der Eiserne Prinz nun mit niederträchtigen Nachtmahren und widerspenstigen Wurmdrachen, mittlerweile begleitet von der Goldenen Prinzessin, der die Horde der haltlosen Hühnermenschen dicht auf den Fersen war. Schwerter flirrten durch die enge Gasse, und eine einsame Feder, zweifellos von einem der haltlosen Hühnermenschen, segelte herab und verzischte Funken sprühend in der Flamme der großen Kerze, die weiterhin still wie eine Marmorsäule brannte.

Schon nahte die Dämmerung, doch die Kerze war noch so groß wie zu Beginn der Geschichte. Der alte Mann hüllte sich gegen die Kälte des frühen Morgens in seinen langen, eisgrauen Bart, doch seine Zuhörer schwitzten, umtobt von den Kämpfen, die die Geschichte in ihrer Mitte ausfocht. Nun erzählte er ihnen von der Odyssee des Eisernen Prinzen und der Goldenen Prinzessin zu dem Weisen, der stets mit seinem Spiegelbild philosophische Streitgespräche führte und dabei unweigerlich den Kürzeren zog, er berichtete von den drei Dienern des Eisernen Prinzen, die zusammen acht Augen hatten und zwei davon reihum austauschten, und von der unglücklichen Dienerin der Goldenen Prinzessin, deren Haar sprechen konnte und bei jedem Haareschneiden herzzerreißend zu jammern begann, und nun schilderte er die Frage der Goldenen Prinzessin nach dem Elixier des Unsterblichen Todes, und schließlich erschuf seine donnernde Stimme den Vierzähnigen MOCK. Ein Raunen erhob sich unter den Zuhörern, denn noch nie hatte einer von ihnen von dem Vierzähnigen MOCK gehört. Weiter wirbelte die Geschichte, der Vierzähnige MOCK näherte sich, und manch einem der gebannt Zuhörenden war es, als erzittere der Boden leicht. Die Goldene Prinzessin und der Eiserne Prinz hoben ihre Schwerter - »Schlagzu« hieß das eine, »Haudrauf« das andere - doch noch war er nicht zu sehen, der Vierzähnige MOCK. Zog da nicht ein Schatten über die Sonne, die soeben am Horizont geboren wurde? War da nicht ein seufzendes Fauchen zu hören, als wache etwas aus einem unendlich tiefen Schlaf auf? Nun erzitterten die Häuser, die ersten Zuhörer sprangen auf, doch noch immer war die Stimme des alten Mannes zu hören, klangvoll und gläsern wie das Knirschen von Eis, und er erzählte von dem abscheulichen, dem grässlichen, dem furchtbaren Vierzähnigen MOCK, von dessen vier Zähnen zäher Schleim tropfe und in dessen blinden Augen sich die Welt hinter der Welt spiegele, der eine unersättliche Gier nach etwas Warmem, Weichem habe – da richtete sich der Vierzähnige MOCK über der Stadt auf, und wer sich umdrehte und ihn erblickte, dessen Haar wurde mit einem Schlag schlohweiß und blieb es sein Leben lang. Selbst dem alten Mann versagte die Stimme, und aus den erstarrten Händen der Goldenen Prinzessin und des Eisernen Prinzen fielen die Schwerter klirrend zu Boden.

Langsam, ganz langsam und bedächtig griff der Vierzähnige MOCK nach dem alten Mann, doch er bekam ihn nicht zu fassen. Stattdessen bohrten sich seine Klauen in die große, perlenüberstäubte Kerze, er quetschte sie, bis das warme Wachs über seine riesigen Hände rann, und dann aß er sie auf, bis auf einen kleinen, kümmerlichen Rest, der verloren am Boden weiterbrannte. Mit einem zufriedenen Rülpsen wandte sich der Vierzähnige

MOCK um und schwebte leicht wie eine Seifenblase in die Dämmerung davon.

Kälte brannte in den Zuhörern und lähmte ihre Gedanken. Viele hatten vor dem grässlichen Anblick des Vierzähnigen MOCK die Augen verschlossen. In die Stille hinein hörte man den alten Mann flüstern. Den Blick auf die ersterbende Kerzenflamme gerichtet, erzählte er, wie der Vierzähnige MOCK der Goldenen Prinzessin das Geheimnis des Unsterblichen Todes verriet, wie die verlorenen Tränen der Göttin der Barmherzigkeit gefunden wurden - die Kerze flackerte - wie die Goldene Prinzessin und der Eiserne Prinz - die Flamme verglomm zu einem schwachen Funken - sich bei der Hand ergriffen und - die Flamme erlosch. Die Geschichte war aus.

Still gingen die Zuhörer nach Hause, und in ihrem Herzen bewahrten manche von ihnen das Bild auf, das sie bis an ihr Lebensende nicht mehr loslassen würde: das Bild von den blinden Augen des Vierzähnigen MOCKS, in denen sich die Welt hinter der Welt spiegelte, die Welt ohne Licht und ohne Schatten.

Immer noch erzählt der alte Mann seine Geschichten zum Schein einer flackernden Kerze auf dem Bürgersteig vor seinem Häuschen, und immer noch atmet die halbe Stadt den Duft der Träume, die er mit seiner Stimme in die Schatten webt. Manchmal ist die Kerze etwas größer; dann dauern die Geschichten etwas länger. Doch niemals, niemals mehr hat dem alten Mann in den langen, lauen Nächten, die er mit seinen Geschichten füllt, jemals wieder jemand eine so große Kerze gebracht wie diejenige, die der Vierzähnige MOCK verschlang.

Der verlorene Tanzschuh

Jamine bekam von ihren Eltern ihre Tanzschuhe geschenkt, als ihre Haare so lang gewachsen waren, dass sie den Boden erreichten, denn dies war ein Zeichen dafür, dass sie nun kein Kind mehr war. Die Tanzschuhe waren aus den Blütenblättern des Blausterns genäht und federleicht. Man konnte sie mit gespitzten Lippen in die Luft blasen, dass sie wie kleine blassblaue Vögel im Atem der Luft trieben und nur widerwillig zurück zur Erde sanken, wobei sie vom kleinsten Lufthauch wieder empor gewirbelt werden konnten. Einmal angezogen, waren sie jedoch überraschend warm und schwer und schmiegten sich an die Füße wie eine zweite Haut, vor Ungeduld und Wärme pulsierend. Wenn man sie aus der Nähe betrachtete, waren die kleinen gelben Sterne zu erkennen, die die Oberfläche besprenkelten wie verspritzte Buttertröpfchen, und dazwischen die filigranen Muster aus Silberfäden, mit denen stilisierte Tanzschritte auf die hauchdünne Haut aufgetragen waren. Die Tanzschuhe waren das kostbarste Geschenk, das Jamine bis dahin bekommen hatte. Nicht nur, dass sie ihr anzeigten, dass die Zeit der sorglosen Kindheit nun unwiderruflich zu Ende war; nun, da sie eigene Tanzschuhe besaß, durfte sie auch die jahrelange Vorbereitung beginnen, um einmal in ihrem Leben am Großen Tanz teilzunehmen.

Der Große Tanz war älter als alles, was die Menschen kannten. Man erzählte sich, dass die Regentropfen ihn schon getanzt hatten, ehe es Menschen gab, und die Steine, ehe es Regentropfen gab, und der Staub der Sterne, ehe es Steine gab. Eine Generation dauerte es, um einen einzigen weiteren Schritt des Tanzes zu entdecken und einzuüben, und da schon von Anbeginn der Zeiten an viele Generationen vergangen waren, umfasste der Tanz mittlerweile eine unüberschaubar große Zahl von Schritten, die zu lernen ein Menschenleben kaum ausreichte. So war es nicht verwunderlich, dass Jamine schon bald mit dem Unterricht beginnen musste. Ihr Leben würde von nun an, wie das aller Menschen, ein großes Ziel haben: Einmal den Großen Tanz zu tanzen. Schon oft hatte Jamine zugeschaut, wenn andere Tänzer und Tänzerinnen ihn tanzten, eingehüllt in bunte Kleider aus Schlangengras und Meerschaum, sodass die zum Rhythmus der Musik sich wiegenden Körper wie zuckende Flammen erschienen. Über die Köpfe der Tanzenden waren abenteuerliche Masken gestülpt, die im Laufe des Tanzes zu Gesichtern mit weit aufgerissenen Augen wurden, während die Füße sich bald so schnell bewegten, dass sie nicht mehr zu sehen waren, und die Erde Wellen schlug, als habe sie sich in ein grünes Meer verwandelt. In solchen Augenblicken, so hatte man

Jamine erzählt, wenn der Tanz von allen richtig getanzt wurde, jeder Schritt von allen genauso gesetzt wurde, wie er gesetzt werden sollte, alle Tanzenden gleichzeitig ein- und ausatmeten – in solchen Augenblicken rissen die Wolken auf und wurden die Sterne sichtbar. Aber dies hatte Jamine nie erlebt. Sie vermutete, dass selbst diejenigen unter den Tanzenden, die nach dem Tanz – die Augen vor Erschöpfung blind, die Füße blutig – behaupteten, sie hätten die Sterne in der Tat gesehen, dies nur sagten, um sich darüber hinwegzutrösten, dass es eben doch nicht gereicht hatte.

Um den Großen Tanz tanzen zu dürfen, bedurfte es der kostbaren Tanzschuhe, die alle zukünftigen Tänzer und Tänzerinnen von ihren Eltern geschenkt bekamen, wenn es an der Zeit war. Nur die Schuhe erlaubten es, stundenlang mit äußerster Geschwindigkeit die Schritte des Tanzes durchzuführen. Dann erwachten sie zu eigenem Leben, als erinnerten sie sich von selbst an die Bewegungen, zogen die Beine der Tanzenden hierhin und dorthin und glühten vor Erregung. Nie tanzte man den vollständigen Großen Tanz mit den gleichen Schuhen ein zweites Mal, denn am Ende eines jeden Tanzes hatten sich die sorgsam vernähten Blütenblätter zu schmutzigen Lappen aufgelöst, und die gelben Sterne waren grau und unansehnlich geworden. Nein, einen zweiten Tanz hielt keiner der Schuhe aus. Wer den Großen Tanz ein zweites Mal tanzen wollte, musste sich ein zweites Paar Schuhe besorgen, und das konnte, da sie so überaus kostbar waren, mehr als den Rest seines Lebens dauern.

Am Tag, nachdem Jamine ihre Schuhe geschenkt bekommen hatte, lief sie an die Felsküste, wo sich der Tanzplatz befand. Die Wolken hingen schwer über dem grünen Land und spiegelten sich in den vom letzten Regen hinterlassenen Pfützen, die den Tanzplatz wie leuchtende Augen bedeckten. Ein leichter, kühler Wind blies Nebelfetzen vor sich her und ballte sie über dem Abgrund der Klippe zu absonderlichen Gestalten zusammen. Irgendwo in der Tiefe atmete die Brandung in langem, seufzendem Flüstern.

Es war niemand auf dem Tanzplatz zu sehen, dessen Ränder sich im Nebel verloren, und so zögerte Jamine nur einen kurzen Augenblick lang, bevor sie, vor übermütiger Ungeduld zitternd, in die Schuhe schlüpfte und sich in die Mitte des Platzes stellte. Der Wind spielte mit ihrem Haar und türmte es über ihrem Kopf zu einer wehenden grünen Fahne auf. Jamine schloss die Augen und vergegenwärtigte sich die Anfangsschritte des Großen Tanzes, die sie bereits als kleines Kind den Erwachsenen abgeschaut hatte. Ein kleiner Schritt nach vorn – den anderen Fuß nachziehen, aber gleich hinter dem ersten zur Seite ausgreifen; der erste Sprung. Mit verhaltener Stimme summte Jamine die leise Melodie des Tanzes vor sich hin. Die Schuhe trugen sie fast wie von selbst durch die erste lange Schrittfolge, sodass Jamine die Augen geschlossen halten konnte. Vor ihr auf dem Boden, selbst durch die Lider hindurch sichtbar, begann das Grundmuster des Großen Tanzes zu leuchten, eine glühende Spur aus ineinander verschlungenen Arabesken, die mit ihren Strahlen hinausgriffen in die Welt, um das Meer und die Wolken zu verbinden. Eine ungeheure Zuversicht ergriff Jamine, dass sie, obgleich völlig ungeübt, auf Anhieb den vollständigen Tanz würde tanzen können, um einen ersten Blick auf die Sterne werfen zu dürfen.

Die Spur des Tanzes führte durch eine der vielen Pfützen, und Jamine hielt einen unmerklichen Augenblick inne, als sie verspürte, wie die Feuchtigkeit an ihre Fußsohle drang. Dieses Innehalten reichte aus, um sie auf dem glitschigen Boden aus dem Gleichgewicht zu bringen. Sie riss die Augen auf und ruderte mit den Armen in der Luft, die glühenden Muster des Tanzes am Boden erloschen schlagartig, und bevor Jamine sich wieder gefangen hatte, flog einer ihrer Schuhe in hohem Bogen durch die Luft, wo ihn der treibende Nebel ergriff und über den Rand der Klippe wehte.

Einen Moment lang glaubte Jamine, die Welt sei zur Regungslosigkeit erstarrt, nur erfüllt von ihrem wie wahnsinnig klopfendem Herzen. Dann stürzte die Klippe ihr entgegen, Jamine bemerkte gar nicht, wie sie rannte, die Wolken wichen auseinander, und dort unten, vor dem Hintergrund des lautlos schäumenden Meeres, segelte wie ein blauer Schmetterling der Tanzschuh, langsam an Höhe verlierend, bis er vom Nebel oder der sprühenden Gischt verschluckt wurde.

Erst als Jamine mit brennenden Augen und stechender Brust nach Hause rannte, gewann die Welt ihre Stimmen zurück. Das Pfeifen des Windes klang in ihren Ohren wie höhnisches Lachen, während in ihrem Rücken die dumpfe Trommel der Brandung immer und immer wieder wie das Zuschlagen eines gewaltigen Tores hämmerte. Jamine flog nach Hause, vor Schmerz brüllend, während die Tränen in ihren Augen aus den Reflexionen des Sonnenlichtes undeutliche, schwache Sterne zauberten, als sollte sie einen kleinen Trost dafür erhalten, dass sie die wahren Sterne nun in ihrem ganzen Leben nicht zu sehen bekommen würde.

Jamines Eltern waren durch die verzweifelten Klagen ihrer Tochter zwar gerührt, aber sie vermochten nichts zu unternehmen, um ihren Schmerz und ihre Wut über den Verlust zu mildern. Es stand außer Frage, dass sie für den verlorenen Schuh keinen Ersatz würden beschaffen können. Aus ihrem Trost klang als leiser Unterton der Vorwurf, dass Jamine nicht alleine hätte tanzen dürfen. Der Große Tanz, erklärten die Eltern zwar verständnisvoll, aber streng, war als Tanz für die Gemeinschaft gedacht, nicht als ein Tanz Einzelner. Wenn sie sich bemühe, könne sie selbst vielleicht irgendwann einen zweiten Schuh besorgen. Jamine wandte sich stumm ab. Ihre Verzweiflung über den Verlust ihres kostbarsten Besitzes und damit eine der Begründungen ihres Lebens wurde mittlerweile von der Wut auf sich selbst übertroffen. Diese Wut lag wie ein Kloß in ihrer Kehle und ließ sie das erste Jahr nach dem Geschehen nur noch unverständliche, kurze Laute hervorstoßen. Die ersten Tage nach dem Unglück verbrachte sie am Fuß der Klippe, zwischen den Haufen angeschwemmten Strandgutes herumwühlend und von neugierigen Möwen beäugt, erfüllt von der vagen Hoffnung, der Schuh möge direkt nach seinem Sturz ins Wasser wieder angeschwemmt worden sein. Doch alles Suchen war vergeblich.

Als die Menschen beim nächsten Mal den Tanzplatz füllten, zuerst fröhlich lärmend, dann vor Konzentration verstummend, schließlich, nach Tagen des Tanzes, vor Erfüllung schreiend, blieb Jamine daheim, in einer Ecke gekauert und mit einem Kissen über dem Kopf, in dessen Schutz sie sich vor Wut die Lippen blutig biss. In späteren Jahren, als sie bereits eine junge Frau war, stand sie während des Tanzes in einiger Entfernung vom Tanzplatz, stumm in einen weiten Umhang gehüllt, der ihr vor dem oft beißenden Wind, nicht aber gegen die Kälte in ihrem Herzen Schutz bot. Einmal war ihr, als sehe sie zwischen den unzähligen Füßen der Tanzenden die Muster der Tanzschritte hindurch leuchten, doch es war wie eine Schrift, die sie nicht mehr zu lesen vermochte, und sie wandte den Kopf ab. Tränen kamen ihr zu diesem Zeitpunkt bereits keine mehr.

Obgleich Jamine wieder lachen lernte, trug sie ihren Verlust wie einen verborgenen Makel weiter mit sich herum. Es war eine Wunde, die nie heilen und die sie auf immer von den allermeisten ihrer Mitmenschen trennen würde. Jamine wurde zu einem Sonderling, dem die anderen Kinder und später die Jugendlichen nur schwer Eingang zu ihren Kreisen gewährten. Ihre Eltern vermochte sie nie mehr ohne ein nagendes Schuldgefühl anzuschauen, denn sie waren es ja gewesen, deren Geschenk sie so leichtfertig im wahrsten Sinne verschleudert hatte.

Eines Tages schließlich war ihre Ungeduld so gewachsen, dass sie einen kurzen Abschied nahm und sich auf eine Reise ins Ungewisse begab. Als sie den Weg in die Berge voranschritt und sich noch einmal umwandte, um die grünen Felder, die schwarzen Klippen und die weite Fläche des Tanzplatzes in sich aufzunehmen, klang die stumme Melodie des Großen Tanzes in ihr auf, bevor der Wind sie unter den tief dahin jagenden Wolken zerriss. Nur der Geruch von Tang und Salzwasser blieb noch lange in ihrem Haar haften und umwehte sie mit der bittersüßen Erinnerung an eine verlorene Heimat.

In der Welt jenseits der Berge, wo das Atmen des Meeres nur mehr wie ein ferner Traum in der Erinnerung der Menschen lebte, wusste man zu

Jamines großem Erstaunen nichts vom Großen Tanz. Die Stadt, die Jamine aufsog, ruhte in sich selbst wie ein leuchtender Edelstein, und abends flammte eine Milchstraße von Sternen über den Häusern und Straßen auf, die ihr künstliches Licht in verschwenderischer Fülle ausgoss. Für Jamine, die in der kargen Landschaft zwischen der schwarzen Küste und den stets niedrig hängenden, undurchdringlichen Wolken aufgewachsen war, strahlte der nächtliche Sternenhimmel aus Menschenhand eine Verheißung aus: das Versprechen, dass es jedem Menschen gegeben sein sollte, in seinem Leben die Sterne zu erblicken. Sie begann, den Großen Tanz und die, die ihn tanzten, gering zu schätzen. Begegnete sie in den Straßen einem Menschen, der wie sie von der Küste stammte, so hob sie stolz den Kopf und schaute über ihn hinweg. Was brauchte sie den Tanz, wenn sie ihr Verlangen auch auf andere Weise stillen konnte! Was machte es da aus, dass sie damals, vor so vielen Jahren, unachtsam gewesen war! Die Melodie des Großen Tanzes stahl sich aus ihren Träumen davon, und ihre Füße hörten auf, nachts im wohlvertrauten und doch so fremden Rhythmus zu zucken. Trotzdem behielt Jamine den ihr noch verbliebenen Tanzschuh und versteckte ihn, eingepackt in Seidenpapier wie ein kostbarer Talisman, unter ihren wenigen Habseligkeiten.

Eines Abends, als Jamine eine der vielen filigranen Brücken über den nachtdunklen Fluss überquerte, der sich wie eine pulsierende Ader mitten durch die Stadt zog, begegnete ihr eine merkwürdige, in einen großen schwarzen Umhang gehüllte Gestalt. Sie stand mit dem Rücken zur Brückenmitte und schien unverwandt auf den ölig glänzenden Leib des Flusses zu starren. Jamine senkte den Kopf und wollte vorbeieilen, aber sie nahm noch wahr, dass die Person gedankenverloren Bruchstücke der fast vergessenen Melodie des Großen Tanzes vor sich hin summte. Jamine war wie vom Donner gerührt. Längst tot geglaubte Erinnerungen und Gefühle brachen mit einem Male in ihr auf, und unwillkürlich blieb sie stehen.

Bei der dunkel gekleideten Person handelte es sich um einen jungen Mann, der sich nun erstaunt umdrehte und seinerseits aus melancholischen Augen Jamine musterte, die ihn weiter unverwandt anstarrte. Er sah nicht aus wie einer der Menschen von der Küste, von der Jamine stammte, aber woher kannte er dann die Melodie des Großen Tanzes? Jamine öffnete den Mund, um die Frage zu formulieren, aber sie bekam keinen Laut heraus, und nach einer Weile schüttelte sich der junge Mann, als ob er aus einem tiefen Traum erwachte, und ging in die Richtung davon, aus der Jamine gekommen war.

Jamine erschien es in den darauf folgenden Tagen und Wochen, als sei in jener Nacht ein unsichtbares Band zwischen ihnen gespannt worden, denn nun begegnete sie dem jungen Mann erneut, immer und immer wieder. Verfolgte er sie? Bog sie um eine Straßenecke, sah sie ihn mit einem scheuen Blick in ihre Richtung im Gewühl der Menschen verschwinden. Seine Stimme zitterte am Rand ihrer Träume, wenn sie morgens erwachte. Wer war er überhaupt? Ihre Gedanken kreisten um die geheimnisvolle Person in dem schwarzen Umhang, deren Bedeutung selbst den Glanz der großen Stadt zu überdecken begann und deren Stimme in Jamine wieder die Melodie des Großen Tanzes wie eine klingende Saite zum Leben erweckt hatte, bis die alte Verzweiflung und Sehnsucht in ihrer Seele erneut aufbrachen.

Eines Tages, als die Sonne die Luft über der Stadt vor Hitze tanzen ließ und die Türme und Gebäude zu flimmernden Phantomen verwischte, traf Jamine auf der Brücke erneut auf den jungen Mann. Der schwarze Umhang hing wie ein trauriges Paar Fledermausflügel an seinem Körper herab, und der Schweiß rann beiden über die Wangen. In der Hitze schmolz ihre beiderseitige Scheu, und während Jamine mit stockender Stimme von jenem einen großen Verlust ihres Lebens und von der langen Zeit des Schweigens danach erzählte, las sie in den Augen Eremonds, des ihr aufmerksam Zuhörenden, seine eigene Geschichte ab, die Geschichte eines Lebens mit einer unstillbaren Sehnsucht, den künstlichen Himmel der Stadt auszutauschen gegen die gleißenden Sterne, die der Große Tanz aus den Wolken holte. Doch nie würde es ihm möglich sein, den Tanz zu tanzen, nicht deswegen, weil er nicht von der Küste stammte, sondern weil ihm die Tanzschuhe fehlten, nun ja, mit einer gewissen Ausnahme... Und mit zitternden Händen holte Eremond eine kleine Schachtel hervor, schlug sie auf, rollte sorgfältig und mit kleinen Bewegungen das Seidenpapier beiseite... und dort – es war kein Zweifel möglich, sie erkannte ihn sofort – dort lag Jamines verlorener Tanzschuh.

Alle Farbe und alle Stimmen wichen mit einem Schlag aus der Welt. Jamine hörte das Blut in ihren Adern pochen, in ihren Ohren gellte erneut der verletzte und verzweifelte Schrei, den sie in jenem Augenblick ausgestoßen hatte, als der Tanzschuh ihr verloren ging, und einen Moment lang verspürte sie den übermächtigen Impuls, den Schuh, den Eremond ihr so vertrauensvoll entgegenstreckte, einfach zu packen und zu rennen, zu rennen, bis zu den schwarzen Klippen und dem weiten Rund des Tanzplatzes zu rennen. Doch sie rührte sich nicht, und Eremond berichtete, wie er vor vielen Jahren als kleiner Junge dort, wo der Fluss ins Meer mündete, auf einer Sandbank den zarten blauen Tanzschuh gefunden hatte, wie er ihn erst verwundert, dann von einem seltsamen Glücksgefühl durchströmt aufgehoben und ihn vor allen Menschen verborgen hatte, als wäre er eine seltene Muschel; wie er seitdem nach einem zweiten Exemplar Ausschau hielt, da er auf keine andere

Weise am Großen Tanz würde teilnehmen können, wie er aber immer mehr die Überzeugung gewonnen hatte, dass seine Suche hoffnungslos bleiben würde... da ging auch ihm auf, in welchem Zusammenhang ihrer beiden Erzählungen standen, und er brach erschrocken ab, als er die so schnell entstandene und jetzt wieder ersterbende Hoffnung in Jamines Augen erblickte.

Jamines Nächte waren erfüllt mit wilden Träumen, in denen sie in sternenübersäten Schuhen durch das weindunkle Meer flog, verfolgt von den traurigen Augen eines kleinen Jungen, dem sie seine blaue Muschel geraubt hatte. Die Melodie des Tanzes dröhnte in ihren Ohren, mal fern und verlockend, mal wie das Schlagen einer schweren Türe. Sie sah sich als Diebin in der Nacht in Eremonds Zimmer steigen, um den Tanzschuh zu stehlen; sie sah sich als alte, einsame Frau am Rande des Tanzplatzes stehen, zum ewigen Zuschauen verdammt. Dann wiederum spürte sie das Verlangen, mit der Hand über Eremonds dichtes Haar zu streichen und das verschüttete Lachen in seiner Stimme zu wecken. Schließlich, am dritten Tag, erhob sie sich am frühen Morgen und packte weinend, aber von einer wilden Freude erfüllt, den ihr verbliebenen Tanzschuh als Geschenk ein, schlich sich durch enge Gassen, in deren Winkel noch die Schatten der Nacht hausten, und legte das Päckchen in den Vorhof des Hauses, in dem Eremond wohnte, sodass es sogleich am Morgen gefunden werden musste. Ihr war, als öffnete sie ihre Seele zum ersten Mal in ihrem Leben der noch kühlen Luft des Morgens, und ihre Wunde schmerzte. Dann rannte sie den langen Weg durch die erwachende Stadt zurück, über die elegant geschwungenen Brücken, unter denen der dampfende Atem des Flusses sich gemächlich kräuselte, rannte, hemmungslos schluchzend, zu dem Haus, in dem sie wohnte – und stolperte fast über ein in buntes Papier eingehüllte Päckchen, das vor der Türe zu ihrem Zimmer lag. Ihre Tränen stockten. Wie lange war es her, dass sie ein Geschenk erhalten hatte? Zaghaft begann sie, die Umhüllung eines federleichten Etwas zu entfernen, eine Vorahnung ließ ihr Herz rasen, und als aus den dichten Lagen duftenden Seidenpapieres Eremonds – nein, ihr eigener, verlorener – Tanzschuh zum Vorschein kam, vergaß Jamine vor Aufregung zu atmen, bis sie fast das Bewusstsein verlor.

*****

Die Tänzer und Tänzerinnen haben sich auf dem Tanzplatz versammelt, ein entrücktes Lächeln auf den Lippen, während sie im Geiste die ersten Schritte durchgehen. Dies dient ihnen nur zur Beruhigung, denn schon kurze Zeit nach dem Beginn des Tanzes werden sie die Schritte automatisch ausführen müssen, oder der Tanz wird nicht gelingen. Ruhe senkt sich über die Menge, als ob alle noch einmal tief Luft holen wollten, bevor sie sich daranmachen, zwei, drei oder mehr Tage hindurch zu tanzen, um die Sterne auf die Erde herab zu beschwören Doch warum klingt dort Lachen auf? Ein Mann und eine Frau stehen dort am Rand, einander an der Hand haltend, fast zaghaft schließen sie zu den anderen auf, aber sie lachen, lachen, und plötzlich – ein Raunen geht durch die Menge, noch haben die Tänzer und Tänzerinnen die Augen nicht geschlossen – plötzlich werfen sie mit der freien Hand je einen Tanzschuh in die Luft. Der Wind ergreift die blauen Schuhe und trägt sie in wirbelnden Schleifen empor und davon, als seien es bunte Vögel, die zu einem weiten Flug über das Meer aufbrechen. Schon bald verschmelzen sie mit den grauen Wolken und dem Dunst der Brandung.

Nun tanzen die beiden Lachenden, ihre nackten Füße berühren kaum den gefrorenen Boden, ihr Atem mischt sich zu einer einzigen leuchtenden Wolke. Sie tanzen, als könne nichts auf der Welt sie aufhalten, sie tanzen mit der Schnelligkeit der Regentropfen bei ihrem Fall zur Erde, sie tanzen mit der Beständigkeit der Steine, sie tanzen füreinander und für alle anderen Tanzenden, die nach und nach vor Erschöpfung aufgeben müssen und sich stumm am Rande des Platzes versammeln. Die beiden tanzen weiter, immer noch umspielt ein Lächeln ihre Lippen, und einen nach dem anderen nehmen sie die Umstehenden erneut an die Hand, bis alle zu sehen vermögen, wie die grauen Wolken ihre Blindheit verlieren, die Erde dem Meer sich öffnet und der flammende Glanz der Sterne sich in tanzenden Wellen über die Welt ergießt.

Das Kranichkleid

In einer kleinen Hütte an einem kleinen See – demselben See, in dem einstmals der purpurne Ritter versank, als er die Seeschlange mit den drei goldenen Köpfen jagte (aber das ist eine andere Geschichte) – in dieser kleinen Hütte also lebten einmal ein armer Mann und eine arme Frau. Sie waren so arm, dass sie tagaus, tagein die gleiche Kleidung trugen und stets das Gleiche zum Essen auftischen mussten: dünne Fischgrätensuppe mit Schneckenragout, angebrannte Fliegenbeine an gebratenen Quallen, Algensalat und Rinderaugenpastete sowie dreimal im Jahr zum Nachtisch Tannenzapfenkompott. Der arme Mann arbeitete als Autoreifenkauer; den ganzen Tag musste er Autoreifen aus schwarzem Gummi kauen, um sie weich und geschmeidig zu machen, sodass die Besitzer der Autos beim Fahren besonders sanft geschaukelt wurden. Die arme Frau hingegen musste nachts mit einer Laterne durch das nahe Dorf gehen und mit bloßen Füßen das Ungeziefer zertreten, das im Schutze der Dunkelheit aus seinem Versteck kam und die Straßen des Dorfes in braune Ströme aus dahin krabbelnden Leibern verwandelte. So arm der Mann und die Frau auch waren, so liebevoll waren sie aber einander zugetan und so liebenswürdig verhielten sie sich den anderen Menschen gegenüber. Trotzdem wurden sie immer ärmer und hatten immer weniger zu essen.

Eines Tages wurde die Frau Mutter eines kleinen Jungen. Kurz nach der Geburt ging der Vater mit dem Kind im Arm die wacklige Treppe hinab, die aus dem einzigen Zimmer des Hauses nach draußen führte, um seinen in Lumpen eingewickelten Sohn den wenigen im Freien versammelten Verwandten zu zeigen. Dabei geriet er vor Schwäche ins Stolpern, sodass das kleine Bündel Mensch ihm aus dem Arm rutschte und so unglücklich auf einer Treppenkante aufschlug, dass eines seiner Beinchen verletzt wurde. Die Verletzung heilte nie mehr richtig, das Bein blieb verkrüppelt.

So wuchs der kleine Junge, der Genri genannt wurde, mit einem gelähmten Bein heran und wurde manchmal von den anderen Kindern des Dorfes deswegen gehänselt. Dann blieb er stumm und bewegungslos stehen und wünschte sich, er wäre tausend tausend tausend Kilometer entfernt, wo ihn niemand sehen könne – vielleicht dort, wo der Feuerdrache den Baum mit den goldenen Äpfeln bewacht (aber das ist eine andere Geschichte). Natürlich wusste Genri, dass er mit seinem gelähmten Bein und ohne Geld nie tausend tausend tausend Kilometer würde zurücklegen können, auch keine tausend Kilometer, nicht einmal zehn. Wenn er sich ganz arg anstrengte, vermochte er einen einzigen Kilometer zu gehen, bis an das grün schimmernde Ufer des kleinen Sees, wo er sich oft an einen Baumstamm lehnte und hinab in die von blauen Nebeln erfüllte Tiefe des Wassers blickte. Manchmal glaubte er, darin die goldenen Köpfe der dreiköpfigen Seeschlange zu erblicken, wie sie sich wie glitzernde Fischchen in der Strömung wiegten, aber vielleicht waren es auch nur die Wolken, die sich aus einem blauen Himmel herab im See spiegelten.

Genri wuchs langsam heran – oder besser gesagt, er wurde älter, ohne dass er jemals so groß wurde wie die Kinder seines Alters. Seine Eltern, denen es vorher schon nicht möglich gewesen war, ihre Bedürfnisse zu stillen, waren erst recht außerstande, ihrem Sohn genug zu essen zu geben und dafür zu sorgen, dass er anständige Kleidung zur Verfügung hatte. Genri blieb klein, schwach und ein Krüppel, dem andere Kinder lachend davon rannten, wenn er sich unter ihre Spiele zu mischen versuchte. Trotzdem schickten ihn seine Eltern zum Arbeiten, sobald er alt genug war. Genri verbrachte von nun an die Tage als Handabtrockner in einer öffentlichen Toilette. Er stand stundenlang neben den Waschbecken und bot den Gästen seine dichten und ungeschnittenen Haare zum Abtrocknen dar. Das war billiger, als für den gleichen Zweck Handtücher anzuschaffen. Die wenigen Münzen, die Genri nach Wochen und Monaten nach Hause trug, ermöglichten es seinen Eltern wenigstens, ihm, solange er größer wurde, alle paar Jahre neue Kleidung zu kaufen. So gesehen war es ein Glück, dass Genri kaum wuchs.

Die Jahre vergingen. Genris Eltern wurden zwar nicht mehr ärmer – viel ärmer, als sie es sowieso schon waren, hätten sie gar nicht werden können – aber auch nicht reicher. Genri wuchs heran, und jedes Mal, wenn seine Mutter müde und angeekelt von ihrer nächtlichen Arbeit nach Hause zurückkehrte und ihn zur selben Stunde ins Dorf humpeln sah, um seine Haare den nassen Händen ungezählter Fremder darzubieten, seufzte sie und dachte: »Was soll bloß aus dem Jungen werden, was soll bloß werden...«

Des Abends, wenn der Vater erschöpft in die Wohnstube trat und sich die Gummireste von den Mundwinkeln wischte, die beim Kauen der Autoreifen an seinen Lippen kleben geblieben waren, schüttelte er stets den Kopf und murmelte: »Genri, Genri, was können wir denn bloß für dich machen...«

Genri selbst spürte die Verzweiflung seiner Eltern, aber er vermochte nichts zu ihrer Linderung zu unternehmen. Wenn er nur richtig hätte laufen können! Wenn er nur das Dorf hätte verlassen können, um sein Glück in der weiten Welt zu suchen! Wie würde er sich anstrengen, um sich und seinen Eltern ein besseres Leben zu ermöglichen!

Einmal im Jahr wurde Genris Sehnsucht nach der Welt mit großer Regelmäßigkeit übermächtig. Das war die Zeit, in der die Kraniche über das

Land zogen und ihre melancholischen, trillernden Rufe wie die Signale im Nebel verirrter Schiffe durch die Luft schwangen. Dann humpelte er bereits im Morgengrauen aus der armseligen Hütte, durch das nasse, mannshohe Gras, das die Last seiner silbernen Tautropfen dankbar über Genris Schultern ausschüttete, bis er den Rand des kleinen Sees erreichte. Meist war die Wasserfläche verborgen unter dem sich kräuselnden Hauch des Morgennebels, der die Dinge in einen weichen, fließenden Mantel hüllte. Am jenseitigen Ufer des Sees hatten sich in der abendlichen Dämmerung die großen grauen Vögel im flachen Wasser versammelt und die Nacht hindurch ihre fremden Träume geträumt, auf einem Bein stehend wie zerbrechlich wirkende Vogelscheuchen. Nun schaute Genri zu, wie sie mit zunehmender Helligkeit unruhig wurden, hin- und her trippelten, fast zögernd in den grauen Nebel des Morgens hinaus riefen und die Flügel schüttelten, als wären es schlecht gelüftete Daunendecken. Wenn sie dann nach einem kurzen Anlauf und einem kleinen Sprung in die Luft zu ihrer weiteren Reise aufbrachen und zuerst das Rauschen ihrer Flügel, schließlich ihr sehnsüchtiges Rufen in der Ferne verklangen, blieb Genri am Ufer des kleinen Sees zurück. In solchen Augenblicken fühlte er sich verloren inmitten der schweigenden Weiden mit ihren zierlichen Ästen und erfüllt von einem brennenden

Gefühl, als habe man sein Herz aus seinem Körper gerissen und in den kalten, tiefen See geworfen.

Es kam ein Jahr, da hatten die Menschen das Gefühl, als würden die Tage zu einem früheren Zeitpunkt als sonst kürzer. Die Erde schien bereits im Sommer ihre Haut – die Felder und Wiesen, die Wälder und Seen – enger an sich heranzuziehen, als müsse sie sich frühzeitig gegen den Biss der winterlichen Kälte wappnen. Genris Mutter klagte, dass es noch nie so viel Ungeziefer auf den Straßen der Stadt gegeben habe wie in diesen Tagen. Es schien ihr ganz so, als flüchteten sich Kakerlaken und Käfer aus den umliegenden Wäldern und Feldern in die Wärme der menschlichen Behausungen. Wenn Genri sich morgens aus der Hütte stahl und auf den Weg zum See machte, klirrte bereits der erste Frost in den Gräsern, obwohl tagsüber die Sonne noch heiß und sengend aus dem Himmel brannte.

Genri war somit nicht übermäßig erstaunt, als er eines Morgens an den Ufern des Sees den ersten Kranich stehen sah. Bereits am Vorabend hatte sein melancholischer Triller Genri wie eine gespannte Saite in erregte Schwingungen versetzt, die sich wellengleich in seine Träume fortgepflanzt hatten. Seinen Beinen waren im Traum Federn entwachsen, die es ihm ermöglicht hatten, sich in die Luft zu erheben, das runde Auge des Sees unter sich zu lassen und in die großen Luftströme vorzustoßen, in denen sich die Kraniche in die fremde Ferne tragen lassen. Dieser Traum fiel ihm wieder ein, als er im Schlamm des Seeufers stand und sich nicht zu rühren wagte, während am jenseitigen Ufer der Kranich erwachte und aufmerksam die Gegend beäugte, wobei Kopf und Schnabel nach Art der Vögel kleine ruckartige Bewegungen durchführten. Es war ungewöhnlich, um diese frühe Jahreszeit einen Kranich anzutreffen, aber noch ungewöhnlicher war es, auf ein einzelnes Tier zu stoßen. Kraniche sind zur Zugzeit auf Geselligkeit angewiesen. Dieser Kranich, dachte Genri, dieser Kranich muss anders sein als die anderen. Er ist wie ich. Allein.

Nun streckte sich der Kranich, dass sich ein schwacher Sonnenstrahl in seinem Flügel fing und das graue Gefieder einen Wimpernschlag lang in rosiges Gold tauchte. Genri hielt den Atem an. Gleich würde der Vogel sich erheben, und dann würde er, Genri, die kalte Luft des Morgens in seine schmerzenden Lungen saugen dürfen; aber jetzt noch nicht, noch nicht...

Der Kranich tänzelte, spreizte die Flügel. Doch davon fliegen? Sich in die Luft erheben? Nichts dergleichen tat er. Nun näherte er sich mit vorsichtigen Schritten dem stillen Wasser und blickte hinein in die Augen seines eigenen Spiegelbildes, so wie Genri es so oft tat, wenn er sich unbeobachtet fühlte. Mit ein paar schnellen Blicken zu beiden Seiten hin schien sich der Kranich ebenfalls zu versichern, dass er alleine war.

Plötzlich, mit einer fließenden Bewegung, die so rasch vor sich ging, dass sich Genri unwillkürlich die Augen rieb, um sicher zu sein, dass er sie tatsächlich wahrgenommen hatte, streifte der Kranich sein Federkleid ab. An seiner Stelle stand eine junge Frau, auf deren nackter Haut der Morgentau glitzerte. Ihr langes graues Haar fiel ihr in daunenweichen Wirbeln auf die Schultern, die noch zur Hälfte von dem Federkleid des Kranichs bedeckt waren. Vorsichtig ließ sie es zu Boden gleiten, prüfte mit den Zehenspitzen die Temperatur des Sees und ließ sich sodann langsam ins Wasser gleiten. Wenn die immer weiter in den See hinausgreifenden Rippel nicht gewesen wären, die nun an Genris Füßen leckten – er hätte es nicht geglaubt, was er soeben mitangesehen hatte.

Die Kranichfrau schwamm zwei, drei enge Runden im See, kletterte wieder an Land, schüttelte die Haare aus und streifte sich das Kranichkleid erneut über. Nun stand wieder ein Kranich dort am See, blickte prüfend nach allen Seiten hin, gab einen kurzen Triller von sich und erhob sich in die Luft. Genri blickte der sich entfernenden Gestalt nach, bis sie sich im lichterfüllten Dunst über den Bäumen verlor.

Den ganzen Tag lang verrichtete Genri seine Arbeit mit klopfendem Herzen und ohne auch nur einen Gedanken an die Hände zu verschwenden, die dabei seine Haare durchwühlten – gepflegte Hände, fettige Hände, Hände mit Schwielen, Hände mit Warzen, Hände mit lackierten Fingernägeln und implantiertem Golddraht, Hände mit breiten, edelsteinbesetzten Ringen und Hände, denen der eine oder andere Finger abhandengekommen war. Sie kümmerten ihn alle nicht, während er doch sonst so dienstbeflissen stets seine Kunden mit einer anerkennenden Bemerkung über ihre Hände begrüßte.

»He, bist du stumm?«, schalt ihn einer der wenigen Stammkunden, »du bist doch sonst nicht aufs Maul gefallen?«

Doch Genri hörte ihn nicht. In seinen Ohren klang wie aus weiter Ferne das weiche Trillern des Kranichs.

Am nächsten Morgen erhob sich Genri noch früher als sonst, zu einer Zeit, in der die Dinge nur graue, verwischte Schemen in einer schlafenden Welt sind. Ein leichter Wind ließ die Bäume am See erzittern. Genri schlich sich völlig geräuschlos ans Ufer und wartete. Ein kurzer Augenblick noch, drei Wimpernschläge lang, dann war es hell genug, um die reglose Gestalt eines einzelnen Kranichs am Ufer auszumachen, nur wenige Schritte entfernt. Er putzte in aller Ruhe sein Gefieder, ordnete ein paar hervorstehende Federn, schaute um sich, und mit der gleichen harmonischen Schnelligkeit wie beim ersten Mal schüttelte die Kranichfrau ihre graues Federkleid ab, trat ans Wasser und tauchte vorsichtig unter. Ihre grauen Haare öffneten sich an der Oberfläche wie eine aufgehende Seerose, bevor die Kranichfrau wieder auftauchte und mit einigen kräftigen Zügen hinaus in die Mitte des Sees schwamm.

Mit rasendem Herzen schlich sich Genri näher an die Stelle heran, an der das Federkleid noch auf dem Boden lag. Die Kranichfrau im Wasser hatte ihn noch nicht bemerkt. Gerade ließ sie sich auf dem Rücken treiben und versuchte, mit einer vor Nässe glitzernden Hand die Nebelschwaden zu erhaschen, die über dem See trieben. Genri hob das Federkleid auf. Dort war der lange Hals, flach und biegsam wie eines der frischen Rindenbänder, mit denen sein Vater die armselige Hütte zusammengebunden hatte, und dort der Schnabel, und hier, das war ein Flügel. Ob sein Arm hineinpassen würde? Bevor Genri es sich versah, hatte er den Arm vorsichtig in den Ärmel des Federkleides geschoben.

Die weichen Federn schlossen sich um seine Arme, schmiegten sich um seine Schultern, das Halsstück umschloss Genris Kopf, und plötzlich ergriff ihn ein Gefühl der Leichtigkeit und Beschwingtheit, wie er es nie zuvor gekannt hatte. Die Welt gewann mit einem Atemzug Leuchtkraft und Lebendigkeit, über seinen langen Schnabel hinweg erkannte er jeden Einzelnen der Tausenden und Abertausenden von Tautropfen, die an den Spitzen der nassen Grashalme pendelten, die Adern der letzten vergilbten Blätter, die von den Bäumen hingen, die unendlich feinen Schattierungen von Grau, in die sich die Rippel auf der Oberfläche des Sees kleideten. Und sein Bein erst, sein Bein! Genri machte einen kleinen, erstaunten Sprung, nichts war mehr übrig geblieben von seiner Lähmung. Die Welt öffnete sich ihm mit einem Schlag, er drehte sich verwundert um die eigene Achse und stieß einen kleinen Triller der Verwunderung und des Glücks aus. Mit einem weiteren Sprung befand er sich schon in der Luft, die ihn ohne Widerwillen empor trug, während unter ihm die stille Fläche des Sees immer kleiner wurde, die Bäume am Ufer zu unförmigen dunklen Gestalten schrumpften und er kaum noch die kleine Gestalt wahrnahm, die zu spät, viel zu spät das Ufer erreichte, zu Boden sank und die Hände vors Gesicht schlug.

Mit jedem Meter, den Genri höher hinaufstieg, fiel seine frühere Welt ein Stück weiter hinter ihm zurück. Er war frei! Vergessen war sein Hinken. Sein verkrüppeltes Bein, das er einem unerbittlichen Schicksal verdankte – wie anders sah es jetzt aus, gerade nach hinten gestreckt und von glänzender grauer Haut bedeckt, beweglich und kräftig genug, um seinen Körper bei der Landung abzufedern! Wie stark waren nun seine Arme in ihrem weichen Federkleid, wie ruhig und kraftvoll trugen sie ihn durch die Luft, ohne zu ermüden! Hatte er tatsächlich von fettigen Händen geträumt, die seine Haare durchwühlten, von rauen Stimmen, die eine ihm unverständliche Wut und Verachtung ins Gesicht schleuderten? Wie konnte das sein, da er doch gar keine Haare besaß, sondern wunderbar anschmiegsame Federn?

Genris Herz schien vor Jubel bersten zu wollen. Weit voraus erkannte er die dunkle Kette einer Gruppe ziehender Kraniche und er beeilte sich, sie zu erreichen. Unter ihm glitt das Land dahin. Städte, Seen und Wälder schälten sich aus dem Dunst am Horizont, nahmen schärfer umrissene Formen an und verschmolzen erneut mit den Wolken in seinem Rücken, während Genri stetig weiter flog und die Erinnerung an eine kleine, mit Rindenbändern zusammengehaltene Hütte dem Bild von feuchten, nebelverhangenen Wiesen und den trillernden Rufen seiner Brüder und Schwestern Platz machte.

So begann Genris neues Leben, ein Leben zwischen der berauschenden Freiheit des Tanzes mit gespreizten Flügeln und der ernüchternden Notwendigkeit, die tägliche Nahrung zu suchen; ein Leben der Entbehrung in der Kälte eines frühen Herbstfrostes und der wilden Freude im Angesicht der glühenden Farben heißer Sommersonnen; ein Leben der Angst vor den Fängen des Fuchses und des Vertrauens in die Säulen der Lüfte, die ihn sicher über ungezählte Länder tragen würden. Bald hatte er sein voriges Leben vergessen. Er war nun Genri der Kranich, der Graugefiederte, der Langbeinige, der Langschnäblige. Bald füllte sich seine Erinnerung mit den ungerufenen Bildern seines früheren Lebens als Kranich: der erste blendende Sonnenstrahl, als er aus dem Ei kroch; das Schmatzen des Sumpfes, der das breite Nest seiner Eltern umgab. Quakende Frösche in den lauen Nächten des Sommers. Spaniens heißer Wind auf seinem ersten Flug in die Winterquartiere. Der stechende Schmerz der Wunde, die der Fuchs in sein Bein gerissen hatte, damals, als er nur mit Glück dem Tode entronnen war.

Wie die Vögel, so besitzen auch die Jahre Flügel, die sie unerbittlich durch die Welt der Kraniche und Menschen tragen. Genri flog als Kranich, atmete als Kranich, lebte und liebte als Kranich. In späteren Jahren, als er allein blieb, verschlief er die meiste Zeit des Sommers am Rand der Seen inmitten von Wäldern und Wiesen, eingehüllt von den glitzernden Lichtreflexen, die auf dem Wasser tanzten, und dem sirrenden Gesang der Heuschrecken. Der Herbst war angefüllt von der Erregung, die die Rufe ziehender Freunde in ihm wachriefen, und der kräftezehrenden Anstrengung des Fluges nach Süden, dem kühlen Licht der Wintersonne entgegen. Jahreszeiten und Jahre flossen ineinander und bildeten das stetig wachsende, bunte Mosaik von Genris Leben.

Es kam ein Herbst, da hatten die Kraniche das Gefühl, als würden die Tage zu einem früheren Zeitpunkt als sonst kürzer. Die Unruhe des bevorstehenden Zuges in die Winterquartiere ergriff sie, während in den Wäldern noch die Sonnenflecken auf grünem Laub tanzten. Die Erde schien bereits im Sommer ihre Haut – die Felder und Wiesen, die Wälder und Seen – enger an sich heranzuziehen, als müsse sie sich frühzeitig gegen den Biss der winterlichen Kälte wappnen. Wenn Genri morgens erwachte, waren die Spitzen der Gräser und Zweige mit glitzernden Frostkristallen besetzt. Eine unerklärliche Müdigkeit ergriff ihn bisweilen, sodass er unbeweglich stundenlang am Ufer eines kleinen Sees stand und sinnend auf die stille Wasserfläche schaute, die nur gelegentlich von anderen Wasservögeln mit regelmäßigen Rippeln überzogen wurde. Der See lockte ihn mit seiner unergründlichen Zuverlässigkeit. Was lag jenseits seiner Oberfläche? Welches Leben verbarg sich in seiner Tiefe? Vielleicht war er nur ein Durchgang in... wohin? Genri wurde plötzlich von dem mächtigen Wunsch ergriffen, das Leben in der Tiefe des Sees zu erkunden. Kannte er nicht seine eigene Welt zur Genüge? Bevor er es sich versah, hatte er sein Federkleid abgeschüttelt und stand, ein wenig fröstelnd, am Ufer des Sees, die Füße umspült von kleinen, unruhigen Wellen.

Das Wasser umfing ihn mit beißender, erfrischender Kälte, die auf seiner nackten Haut prickelte. Genri schwamm eine, zwei Runden, sein langes graues Haar wie eine Schleppe im Wasser hinter sich herziehend. Das Schilf am Ufer nickte im Wind. Eine kleine Schar Enten zog sich unter protestierendem Geschnatter verängstigt in eine kleine Bucht am jenseitigen Ufer des Sees zurück. Genri hielt in seinen Bewegungen inne. Vor einem Kranich flüchten Enten nicht. Plötzlich überkam ihn das Gefühl des Fremdseins in der Welt, die seine Heimat gewesen war. Sollte das das Schicksal desjenigen sein, der die Welt jenseits des Wassers sucht?

Verwirrt watete Genri ans Ufer zurück. Eines seiner Beine fühlte sich schwer und unhandlich an, es gehorchte seinen Bewegungen nicht in der Weise, wie er es gewohnt war. Erschöpft setzte er sich auf den schlammigen Boden. Dieses Gefühl der Schwere in seinem Körper – wie vertraut und gleichzeitig unwirklich schien es ihm zu sein, als habe er jahrelang davon geträumt in den kurzen Stunden der Nächte. Oder war es doch kein Traum gewesen? Er blickte sich um. Die Bäume, an deren Zweigen sich die ersten Blätter bereits mit dem Braun des Herbstes überzogen hatten – auch sie kamen ihm vertraut vor. Ein Pfad schlängelte sich von derjenigen Stelle am Seeufer, an der er sich befand, in ein kleines Dickicht. Wohin führte er? Fast kam es Genri so vor, als müsste er es wissen.

Ein unterdrücktes Lachen klang aus dem Gebüsch, aus dem sich das Gesicht eines Menschenkindes schob. Ein verschmitztes Lächeln spielte um seine Lippen, doch es sagte kein Wort. Nun trat es auf den Pfad und lächelte ihn fröhlich an, und Genri erkannte mit blitzartigem Schreck, dass das Kind in einer Hand etwas Graues trug, das wie ein nasses Handtuch herab hing. Es war sein Kranichkleid.

Genri streckte eine zitternde Hand nach dem Federkleid aus, doch das Kind schüttelte, immer noch stumm lächelnd, den Kopf. Als Genri unbeholfen aufstand, wandte es sich um und rannte den Weg entlang, wo es um eine Ecke bog und nicht mehr zu sehen war. Mit keuchendem Atem humpelte Genri hinterher, so schnell sein verkrüppeltes Bein es erlaubte. Zitternde Gräser und zurückschnellende Zweige verrieten ihm, dass er dem Kind immer noch folgte, obwohl es weiterhin außer Sichtweite blieb und nur ein fröhliches Glucksen vernehmen ließ. Verzweiflung ergriff Besitz von Genri. Dort lief sein Leben davon! Nie mehr würde er den sausenden Wind seine Schwungfedern kitzeln spüren, nie mehr würde die Erregung der Balz ihn tanzen lassen, den Schnabel in den Himmel gereckt, der angefüllt ist von den Rufen seiner Artgenossen. Genris Herz krampfte sich zusammen. Mit keuchendem Atem blieb er stehen.

Erinnerungen drängten sich in sein Bewusstsein wie Fische an die Oberfläche des Sees, in dem die Seeschlange mit den drei goldenen Köpfen hauste. Hände in seinem Haar... ein furchtbarer Sturz, er ist ganz klein, Feuer in seinem Bein, das bis heute nicht gelöscht ist... die müden, aber lächelnden Gesichter seiner Eltern. Ein kleines, windschiefes Haus, von Rindenbändern zusammengehalten.

Das hämische Grinsen anderer Kinder beim Anblick seines verkrüppelten Beines. Funkeln von Tautropfen in den Gräsern am Rand des Pfades, dem er am frühen Morgen auf dem Weg zum Seeufer folgt, um dort den Kranichen aufzulauern. Den Kranichen!

Genris Verwirrung wuchs.

»Wer bin ich?«, flüsterte er sich zu und drehte sich hilflos im Kreis. Seine Beine führten ihn weiter den Weg entlang, auf dem das Kind mit seinem Federkleid verschwunden war, bis sich dieser weitete und in eine freie Fläche mündete, auf dem eine kleine, windschiefe Hütte stand, der Rindenbänder eine gewisse Standfestigkeit verliehen. Eine Frau in einem Kleid mit verblassten Farben stand vor der Hütte, die Hand schützend auf die Schulter des kleinen Kindes gelegt, das immer noch das federleichte Kranichkleid umklammerte. Die Frau war nicht mehr ganz jung, aber ihr faltenloses Gesicht verriet, dass sie auch nicht alt war, trotz der Flut grauer Haare, die ihr bis auf die Hüfte fielen.

Eine Weile betrachtete sie Genri mit einem ernsten Ausdruck im Gesicht, und er blickte sie stumm an, während sich in seiner Erinnerung die Bruchstücke seines früheren Lebens als Mensch zu einem vollständigen Bild ordneten. Scham und Reue durchfluteten ihn, dass er der Kranichfrau ein Leben gestohlen hatte, so wie das gleiche Schicksal nun ihm selbst widerfahren war. Gleichzeitig ergriff ihn eine unbändige Sehnsucht nach menschlichen Stimmen. Als er den Mund aufmachte, um zu sprechen, war er selbst überrascht, dass es nicht die Stimme der Kraniche war, die aus seiner Kehle drang, sondern die der Menschen.

»Ich bringe es zurück«, krächzte er, denn nach so langer Zeit wusste er nicht mehr recht, wie man sprechen sollte. »Dein Kleid. Hier. Ich bringe es zurück.«

Die Stimme der Kranichfrau klang müde, als sie antwortete.

»Die ersten Tage habe ich dich verflucht«, antwortete sie. »Ich bin am Ufer des Sees geblieben und hoffte, du würdest mir mein Kleid zurückbringen. Dann, als ich zu müde zum Weinen geworden war und der Hunger übermächtig wurde, habe ich an das erste Haus angeklopft, das ich antraf.«

Sie streckte eine Hand aus und streichelte fast zärtlich über die rissige, dünne Wand der Hütte.

»Deine Eltern haben mich aufgenommen, und ich habe sie darüber hinweg getröstet, dass du nicht mehr zurückgekommen bist. Sie sind beide vor Jahren gestorben, friedlich und versöhnt. Ich blieb allein zurück und habe dir weiterhin jeden Abend den Fuchs an den Hals gewünscht. Doch irgendwann...«

Sie hielt inne und blickte hinab auf das Kind, das sich an sie geklammert hatte, die kleine Fäuste in den Stoff ihres Kleides gekrallt, und den Fremden unverwandt anstarrte.

»Das Leben hat es gut mit mir gemeint«, fuhr die Kranichfrau fort. »Wir sind nicht reich und haben doch alles vom Leben bekommen. Manchmal träume ich, ich könnte mich wieder in die Luft erheben, die Kraft der warmen Aufwinde unter meinen Schwingen spüren, das Land unter mir dahinrollen sehen. Doch mein Glück hängt nicht mehr davon ab, dass diese Träume wahr werden. Ich bin reich beschenkt worden. Ich habe mit meinen Händen viel geschaffen. Ich habe Musik und Gesang kennen gelernt, und ich habe meine Familie.«

Sie strich dem Kind über den Kopf und nahm ihm sanft das Federkleid aus der Hand. Mit wenigen Schritten hatte sie Genri erreicht und streckte ihm, der wie erstarrt stand, das Kleid entgegen.

»Du kannst es wieder zurück haben«, sagte sie ernst. »Ich würde es mir gerne vielleicht das eine oder andere Mal wieder ausleihen, nur für einen Tag. Dann kannst du auch gleichzeitig deine Stimme üben, denn die klingt ganz eingerostet. Und versprich mir eines: Komm zurück, wenn du auf deiner Wanderung warst, und bleibe eine Weile hier. Du musst uns die Geschichten erzählen, die du erlebt hast. Und wir erzählen dir, was sich in der Welt der Menschen zugetragen hat.«

Einen Moment lang verharrte Genri unschlüssig. Die Sehnsucht nach dem wilden Kranichtanz riss ihn mit sich, die Sehnsucht nach den Stimmen der Menschen befahl ihm zu bleiben. Vorsichtig nahm er das Kranichkleid entgegen und betrachtete es, drehte und wendete es in seinen Händen, als habe er es nie zuvor gesehen. Dann blickte er auf in den Himmel, über den dünne weiße Wolkenbänder zogen. Aus der Ferne erklang der Ruf von Kranichen auf dem Zug.

Genri nickte. Vorsichtig begann er, sich das Kranichkleid wieder überzustreifen.

*****

In unserem Dorf lebte eine alte Frau mit langen grauen Haaren, die uns Kindern Geschichten erzählte, während wir zu ihren Füßen saßen, in den Staub des Vorgartens plumpe Tiergestalten malten und Fliegen mit Grashalmen kitzelten. Sie sagte, sie habe die Geschichten von einem Kranich erzählt bekommen, der sie jedes Jahr besuche, und manche habe sie selbst erlebt, was ja gar nicht sein konnte, denn wir wussten, dass sie das Dorf nie verlassen hatte. Aber die Geschichten waren trotzdem gut. Da war eine über die Königin, die im Muschelpalast am Meer lebte und vergeblich nach der einen grünen Perle suchte, die sie einstmals im Palast verloren hatte, und eine über die Wüstenblume, die nur alle vierzig Jahre eine einzige Nacht blüht, und eine, wie der schwarze Stier mit den silbernen Hörnern über eine breite Schlucht sprang, um sich vor seinen Verfolgern zu retten, und eine über die verlorene Wette, die den pur-

purnen Ritter veranlasste, auf die Jagd nach der Seeschlange mit den drei goldenen Köpfen aufzubrechen, und noch viele weitere. Aber das sind andere Geschichten, die zu einer anderen Zeit erzählt werden müssen.

Als die alte Frau starb und begraben wurde, war es Herbst, und die Kraniche zogen über unsere Köpfe hinweg. Während wir uns, wie es bei uns Sitte ist, im Kreis um das offene Grab zum Tanz aufstellten, landete ein Kranich in Sichtweite von uns, aber so weit entfernt, dass er sich sicher fühlen konnte. Er schaute zu uns herüber. Während wir in die ersten Tanzschritte einfielen, sprang auch er ein paar Mal in die Luft nach Art der Kraniche, spreizte die Flügel und verbeugte sich in unsere Richtung. Er war zu weit weg, ich konnte ihn nicht genau erkennen, aber ich bilde mir ein, dass er auf einem Bein ganz, ganz leicht hinkte.

Ein Traum von Te Oweakoa

Zuerst war er nur ein kleiner, dunkler Punkt, der auf der zitternden Fläche des Meeres dahin kroch wie ein träger Wasserkäfer. Als er näher kam, löste sich der Punkt auf in einen dunklen Klumpen, der auf dem Wasser haftete – das war das Boot. Darüber zitterte ein langer, dünner, in der Hitze flackernder Strich. Das war er.

Aus noch geringerer Entfernung erkannten wir, dass er orangefarbene Beinkleider trug, während auf seinem Kopf Gras wuchs. Das wunderte uns ein wenig, aber wer über das Wasser auf unsere Insel gepaddelt kommt, dem ist alles zuzutrauen, und so nahmen wir diese merkwürdige Kopfbedeckung stillschweigend zur Kenntnis. Erst in dem Moment, als er an Land sprang und das Boot den sandigen Strand hinaufzog, damit es nicht mehr von den träge und unablässig den Strand leckenden Wellen fortgetragen werden konnte – erst in diesem Augenblick erkannten wir, dass er eine grüne Mütze trug. Er hatte sie schräg von der Seite über die borstigen Haare gezogen, dass ihr Schirm sein Gesicht beschattete und wir daher weiter im Unklaren über die Farbe seiner Augen bleiben mussten. Auf dem Schirm prangte in goldenen, eleganten Zeichen eine Aufschrift, die »Te Oweakoa« bedeutete – aber diese Bedeutung sollten wir erst viel später erfahren.

Nun ist es schon eine seltene Begebenheit, dass wir auf unserer abgelegenen Insel überhaupt Besuch bekommen. Mit diesem Umstand kann man leben, und zwar gut leben. Oft ist der Besuch von der Sorte, bei der man bedauert, sich nicht durch hemmungsloses Austoben bei einem Gegenbesuch rächen zu können. Noch nie jedoch hatte uns jemand besucht, der uns durch eine simple Aufschrift auf dem Schirm seiner Mütze derart ratlos, aber auch neugierig gemacht hatte. Wer oder was verbarg sich wohl hinter den kryptischen, fließenden Zeichen?

Wir gingen hinab an den Strand, den unverhofften Besuch zu begrüßen, wobei wir uns so verhielten, als hätten wir seit Tagen bereits mit seiner Ankunft gerechnet. Er wiederum tat so, als habe er seit Tagen sein Boot zielstrebig auf unsere Insel zugesteuert. Natürlich war das reines Höflichkeitsgetue. Wer unsere kleine Insel kennt, der weiß, dass man schon ziemlich großes Glück haben muss, um sich auf dem Weg hierher nicht zu verirren oder sie nicht zu verfehlen.

Natürlich stach uns, als wir unserem Besucher gegenüberstanden, die grüne Mütze mit der geheimnisvoll klingenden Aufschrift in die Augen. Die Höflichkeit verbietet es jedoch, den Gast – und um einen solchen konnte es sich vorerst nur handeln – geradeaus nach dem zu fragen, was man doch so brennend gerne wissen will. Nach der ersten Begrüßung stellten wir uns daher gegenseitig erst einmal vor, wobei keiner von uns sich seinen einsilbigen, abgehackt klingenden Namen merken, geschweige denn ihn aussprechen konnte. Er wiederum wiederholte jeden unserer Namen mit bedächtiger Miene. Seine Aussprache war grässlich, aber wir blieben selbst dann todernst, als er den Namen eines der jungen Krieger – Tanaweetaissi-ochkeulimma, das heißt »der Krieger, dessen Tapferkeit den Sternen gesungen wird« – als »Tanawiitaassi-ochkeulemma« aussprach, was natürlich keinen Sinn ergibt, denn welcher Krieger guten Standes lässt sich gerne danach benennen, dass er das Baby zu heiß gebadet habe. Wir sahen ihm diese Verfehlung nach, obwohl der infrage kommende junge Krieger ein paar Mal heftig schlucken musste und die Steinkeule an seiner Seite fester umklammerte.

Nach der Vorstellungsrunde standen wir ein wenig länger in der brennenden Sonne herum und unterhielten uns über das Wetter. Ja, für diese Jahreszeit war es wirklich zu kühl. In der Tat, die Sonne war tatsächlich recht grün (hatten wir da etwas aufgrund seiner ungewohnten Aussprache falsch verstanden?). Wir pflichteten ihm verwundert, aber höflich bei, dass es sich nicht lohne, Schweine am Strand zu vergraben. Er war in diesen ersten Momenten der Begegnung mit uns recht gesprächig, obwohl seine Verständnisfähigkeit offenbar Mühe hatte, seinen Lippen zu folgen. Als wir die an sich überflüssige, aber höfliche Feststellung trafen, wie ruhig doch das Meer heute sei, blickte er uns betroffen von der Seite an und rückte ein wenig von uns ab, als hätten wir von ihm verlangt, seine Mütze zu essen.

Ja, die Mütze. Während des ganzen Gespräches ließen wir verstohlen immer wieder unsere Blicke über sie huschen, nie jedoch auf ihr verweilen. Man sollte einem Gast, den man noch nicht kennt, nie zu verstehen geben, wenn etwas an seiner Ausrüstung besonders interessant scheint. Das erhöht kräftig den Preis, falls man später einmal bei passender Gelegenheit die Absicht äußern sollte, den infrage kommenden Gegenstand zu erwerben. So stach die fließende, goldene Schrift über dem Mützenschirm nur in unsere Augenwinkel. Bezeichnete sie einen Ort? Den Namen eines Menschen? Handelte es sich um einen tiefsinnigen Wahlspruch? War es nur die ursprüngliche Preisangabe für die Mütze, oder handelte es sich gar nur um ein Ornament ohne Sinn? Wir besaßen keinen Anhaltspunkt, und die Höflichkeit verbot vorerst eine direkte Frage nach der Bedeutung der rätselhaften Zeichen.

So begann für uns auf unserer kleinen, abgeschiedenen Insel der Traum von Te Oweakoa, der uns bald in seinen Bann schlagen sollte. Wie sehr, das konnten wir noch nicht ahnen an jenem fernen Nachmittag am Strand unserer Insel, von dessen goldenem Sand aus sich das blaugrüne Meer bis zu den pastellfarbenen Wolken am Horizont erstreckte.

Unser Gast mit dem unaussprechlichen Namen (wir nannten ihn der Einfachheit halber »Immikentaalass-mariner-wreech«, das heißt »der von weither Kommende mit der grünen Mütze«) wurde im Gästehaus des Dorfes einquartiert. Er besaß nicht viel, aber selbst seine wenigen Habseligkeiten füllten erstaunlich schnell jede Ecke und jeden Winkel des geräumigen Raumes, und sogar die weitläufigen Flächen zwischen den Ecken und Winkeln. Ein paar Tage lang bastelte er an uns unbekannten Gerätschaften, von neugierigen Kindern beäugt, die er freundlich anlächelte. Die Mahlzeiten nahm er mit uns in der Gemeinschaftsküche ein. Stets verhielt er sich sehr zuvorkommend und ging bereitwillig lange Gespräche ein, die in uns – und wahrscheinlich gleichermaßen in ihm – das unbestimmte Gefühl zurückließen, man habe doch nicht so recht verstanden, worum es eigentlich gegangen sei. Erst allmählich, in dem Maße, in dem sich seine Sprachkenntnisse verbesserten – oder unsere verschlechterten – verstanden wir mehr vom anderen. Mit steigender Vertrautheit vermochten wir schließlich auch die ersten ernsteren Fragen zu stellen, etwa die nach seiner Herkunft. Dreimal wiederholte er den Namen seiner Heimatinsel, bis einer der Ältesten sich erinnerte, ihn schon einmal gehört zu haben.

»Dele-mianni-horsto«, murmelte der alte Mann. »Ich erinnere mich. Ja, ich erinnere mich. In meiner Jugend« – sein vom Alter gebeugter Rücken straffte sich, als bringe ihm die Erinnerung an die ferne Jugend auch einen Teil der verlorenen Kraft zurück – »in meiner Jugend bin ich einmal daran vorbei gesegelt.« Er versank wieder in Schweigen. Der Tonfall seiner Stimme ließ darauf schließen, dass er es nicht bedauerte, die ferne Insel niemals besucht zu haben.

Nach einigen Tagen begann unser Gast Immi-kentaalass-mariner-wreech, unsere kleine Insel zu erkunden. Er trug einen Apparat mit sich herum, mit dessen Hilfe er die Seelen der Dinge in Form kleiner, bunter Bildchen auf flache Blätter aus einem uns unbekannten, biegsamen Material zu bannen vermochte. Zuerst, ich muss es gestehen, war dies für viele von uns eine unheimliche Angelegenheit, und es wurden Stimmen laut, man möge den Fremden, um Unheil für die Insel abzuwehren, an einen Palmenstamm fesseln und dem Meer übergeben. Dann ließ sich Kirialamansee-Omnunnaquitta, einer unserer mutigsten Krieger, von unserem Gast die Angelegenheit erklären und gab bald Entwarnung. Oft wurden nun die beiden – Kirialamansee-Omnunnaquitta und der merkwürdige Fremde – in trautem Zwiegespräch gesehen. Der Krieger erklärte uns, er fachsimpele mit Immi-kentaalass-mariner-wreech über Belichtungsperspektiven, Blendenautomatik und den goldenen Schnitt. Wir übrigen verstanden zwar kein Wort, nickten aber stumm, erleichtert darüber, dass die uns weiterhin unverständlichen Handlungen des Gastes zumindest keinerlei Gefahr darstellten. Allerdings behielten die Ängstlichsten wenigstens ihre Steinäxte in Reichweite, um im Falle einer Änderung der Mehrheitsmeinung möglichst schnell doch noch eine Palme fällen zu können.

Nach weiteren Tagen machte sich Immikentaalass-mariner-wreech daran, sein Boot vom Strand hochzuziehen und einige Dutzend Meter ins Inselinnere zu bugsieren, wo er es in dem kleinen See hinter dem Palmenhain, dem einzigen See unserer Insel, wieder zu Wasser ließ. Anschließend verbrachte er weitere Tage damit, in seinem Boot auf dem See herum zu paddeln, merkwürdige Geräte ins Wasser hinab zu lassen und Wasserpflanzen zu sammeln. Die Ängstlichen unter uns schärften erneut ihre Steinäxte, um eine Palme zu fällen, doch auch diesmal gelang es unserem Krieger Kirialamansee-Omnunnaquitta, uns von der Harmlosigkeit des Fremden zu überzeugen, indem er selbstzufrieden und gekonnt das Wort »Sauerstoffsättigung« über seine Lippen fließen ließ. Es schien sich um eine Beschwörungsformel zu handeln, die die Wassergeister zu gutem Benehmen verpflichten sollte. Wenn das der Fall war, konnten wir unserem Gast tatsächlich nur zu Dank verpflichtet sein, denn die Wassergeister hatten durch ihr freches Verhalten bei uns in letzter Zeit einen notorisch schlechten Ruf erworben.

Kirialamansee-Omnunnaquitta war es auch, der sein gutes Verhältnis zu unserem Gast schließlich dazu nutzte, ihn mit vielen Höflichkeitsfloskeln nach der Bedeutung der goldenen Schrift auf der grünen Mütze zu fragen. Diese Mütze übrigens legte unser Gast nie ab, solange er sich im Freien zeigte. Die Antwort, die er Kirialamansee-Omnunnaquitta gab, war für uns jedoch alles andere als befriedigend. Vielleicht stießen die beiden erneut an eine Barriere der Verständigung, denn die Auskunft hinterließ in uns zu Beginn ein Gefühl der Ratlosigkeit.

»Te Oweakoa«, so berichtete uns Kirialamansee-Omnunnaquitta in der abendlichen Ratsversammlung, zu der wir uns um das Heilige Feuer scharten, und blickte versonnen in die gelbblauen Flammen, »Te Oweakoa ist ein Ort, der von einem großen Geist erfüllt ist. Diesen Geist verehren die Menschen dort, wo Immi-kentaalass-marinerwreech zu Hause ist. Te Oweakoa ist diesem Geist gewidmet. Man darf sich diesem Ort nur auf bestimmten Pfaden nähern, denn dort, wo der Geist wohnt, ist tabu.«

Kirialamansee-Omnunnaquitta machte eine dramatisch wirkende Pause und blickte in die Runde, als forderte er uns heraus, seinen Worten zu widersprechen. Wir blickten weiterhin gelangweilt zur Seite, wie es die Sitte erforderte, und so fuhr Kirialamansee-Omnunnaquitta fort.

»An diesem Ort befinden sich Seelen, die alljährlich zu einer weiten Reise aufbrechen.« Kirialamansee-Omnunnaquitta schwieg einen Moment lang, und wir übrigen vermeinten, das weiche Flattern wandernder Seelen in der Luft zu spüren.

»Wohin brechen diese Seelen auf?«, fragte bedächtig einer unserer Ältesten.

»Das weiß ich nicht so genau«, entgegnete Kirialamansee-Omnunnaquitta und bohrte als Zeichen der Ehrerbietung dem Ältesten sanft im Ohr. »So wie ich Immi-kentaalass-mariner-wreech verstanden habe, kehren die Seelen nach wenigen Monden zurück nach Te Oweakoa, um sich dort... fortzupflanzen.«

Dies sagte Kirialamansee-Omnunnaquitta mit einem deutlichen Zögern, als fände er es selbst schwer zu glauben, was unser Gast ihm erzählt hatte, und als wäre es ihm unangenehm, dies in unserer Runde so deutlich aussprechen zu müssen. Wir wechselten verwunderte Blicke. Wer hatte jemals davon gehört, dass sich Seelen fortpflanzen? Und doch – je mehr wir darüber nachdachten, desto mehr gefiel uns diese Vorstellung.

»Du meinst...«, begann zögernd einer unserer jüngeren Krieger, »du meinst, es gibt... Seelenmänner und Seelenfrauen?«

Kirialamansee-Omnunnaquitta schickte sich an, dies mit langatmigen Floskeln vorsichtig und in aller Ehrerbietung im Prinzip möglicherweise und unter Beachtung gegebenenfalls zu berücksichtigender Ausnahmen zu bejahen, doch eine unserer alten Ratsfrauen schnitt ihm das Wort ab.

»Dann kann man ja nur hoffen«, brauste sie auf, »dass die Seelenmänner sich weniger um ihre Perlenketten und Muschelsammlungen und mehr um ihre Frauen kümmern.« Heiterkeit bei den übrigen Ratsfrauen. Stirnrunzeln und verstohlenes Greifen nach den um den Hals gehängten Perlenketten bei den Ratsmännern.

Die Informationen, die unser Gast dem tapferen Krieger hatte zukommen lassen, ließen uns Te Oweakoa als einen nicht ganz uninteressanten Ort erscheinen. Je mehr wir darüber nachdachten und diskutierten – und wir diskutierten nächtelang darüber – desto faszinierender wurde die Vorstellung von Te Oweakoa, die sich uns darbot. Eine friedliche Landschaft, erfüllt von der alles durchdringenden Ruhe des unbekannten Geistes... wandernde Seelen – sowohl Seelenfrauen wie Seelenmänner – besonders Seelenfrauen... in unseren Träumen nahm Te Oweakoa Gestalt an wie eine weiße Wolke, die über den Horizont steigt, oder wie der Schaum der brechenden Welle, der plötzlich das Meer mit seiner nie gleich bleibenden Schrift überzieht. Nachts wachten wir nun oftmals auf, den Ruf von Te Oweakoa im Ohr, das Flüstern der wandernden Seelen in der süßen Luft. Die alten, erfahrenen Männer tauschten Erinnerungen aus ihrer Jugend aus, um herauszufinden, ob jemals einer von ihnen in die Nähe von Te Oweakoa geraten sein könnte. Die alten, erfahrenen Frauen verglichen Erinnerungen, ob den Berichten der alten, erfahrenen Männer Vertrauen geschenkt werden könnte. Und während der Traum von Te Oweakoa immer mehr Menschen auf unserer kleinen Insel ergriff und mit einer unbestimmten Hoffnung füllte, deren vorheriges Fehlen uns erst jetzt gewahr wurde, ging unser Gast nichts ahnend seinen sonderbaren Ritualen nach.

Eines Abends luden unsere weisesten Ältesten Immi-kentaalass-mariner-wreech zu sich an das Heilige Feuer. Dies war einem nicht zu uns Gehörenden gegenüber eine außergewöhnliche Ehrenbezeugung. Es gab in Palmblättern gebackene Schnecken, Walaugen-Gelee und andere Köstlichkeiten zu essen. Man unterhielt sich über das Wetter, über den Stand des Wechselkurses zwischen Muschelschmuck und Trockenfisch, über die Besorgnis erregende Lage in den Auseinandersetzungen auf der Nachbarinsel, schüttelte gemeinsam den Kopf über die übermütige Verwegenheit und Unachtsamkeit der Jugend, die in ihren Rennkanus jegliche Verkehrsregeln missachtete, und verbrachte so einige Stunden in angenehmer Unterhaltung. Schließlich schickten die ältesten Ältesten die jüngeren Ältesten fort und unterhielten sich allein mit unserem Gast. Wir standen alle außer Hörweite, am Rand des schwachen Lichtkreises, den das flackernde Feuer auf den großen freien Platz zwischen unseren Häusern warf, und warteten geduldig darauf, dass die ältesten Ältesten Immi-kentaalass-mariner-wreech weitere seiner Kenntnisse über Te Oweakoa entlockten.

Offensichtlich erzählte er viel, aber was wir am nächsten Tag von unseren ältesten Ältesten mitgeteilt bekamen, war einigermaßen verwirrend.

»Wir fragten ihn nach der Natur der Seelen«, begann Hennikalamp-okotoshisutra gedehnt. »Wir wollten wissen, ob sie auch der Intransigenz des Absoluten unterworfen sind, in welchem ontologischen Zusammenhang sie mit der metaphysischen Da- und So-seins-Ebene stünden und ob Palattokemmerobis Gleichnis von den Wellen, die Schatten werfen, auf sie anwendbar sei. Unser Gast schien aber selbst solche fundamentalen Überlegungen noch nicht in seinem Herzen bewegt zu haben. Er kam wieder zurück auf die Wanderung der Seelen, aber es war nicht klar, wohin und warum sie wandern. Dennoch muss es sich um eine großartige Wesenseigenschaft der Seelen handeln.«

»Schließlich fragten wir ihn höflich, wie viele Seelen in Te Oweakoa lebten, und ob es die Seelen Verstorbener oder noch Ungeborener seien«, nahm Tiennolampa-sapparonto den Faden auf. »Da wurde er ganz aufgeregt und berichtete, er selbst habe einmal sogar vierundzwanzig Seelen gesehen, jawohl, vierundzwanzig, das hat er mehrmals wiederholt, es muss also ein ganz besonderes Ereignis gewesen sein. Seinen Worten entnahmen wir, dass die Seelen kommen und gehen, kommen und gehen. Vielleicht bedeutet das, dass Te Oweakoa das Land ist, in dem Noch-nicht-Geborene und Verstorbene, Lebende und Tote ineinander verwandelt werden im ewigen Kreislauf des Seins?«

Wir hingen an jenem Abend, nachdem alles gesagt worden war, noch lange unseren Gedanken nach, während die Glut des Heiligen Feuers sich verzehrte und der samtenen, sternenerfüllten Nacht wich. Manch einer von uns verspürte den Wunsch, sich in sein Kanu zu setzen und noch im Schein des Mondes auf den Horizont hin zu paddeln, hinter dem sich Te Oweakoa befinden musste, eine ferne Milchstraße von tanzenden Seelen. Als der Morgen graute und das muschelschalenfarbene Meer die aufgehende Sonne widerspiegelte, gingen wir ohne ein Wort zurück in unsere Häuser. Halb erwarteten wir, die weißen Strände von Te Oweakoa vor unserer Insel auftauchen zu sehen; doch nichts geschah.

Nichts geschah, außer dass die Träume von Te Oweakoa von nun an unsere Tage füllten. Sie trösteten uns in Stunden von Krankheit und Not und erfüllten uns mit einer sanften, warmen Freude in Zeiten des Glücks. Unserem Gast brachten wir kleine Geschenke, die er verwundert und ergriffen entgegennahm. Wir weihten ihn sogar in die heilige Kunst ein, einen hohlen Baumstamm zum Sprechen zu bringen, immer in der Hoffnung, von ihm mehr über Te Oweakoa zu erfahren. Doch seinen Worten war nicht mehr zu entnehmen, als was uns die Ältesten bereits übermittelt hatten.

Als unser Gast uns eines Tages mitteilte, er müsse jetzt die Insel wieder verlassen, ergriff uns Wehmut, dass wir ihn nun ziehen lassen mussten. Wir wussten jedoch, dass die Welle des Lebens weiterlaufen muss auf ihrem gewundenen Weg zum Ursprung, der im Inneren des Hauses der Großen Schnecke liegt, und dass wir ihn nicht würden aufhalten dürfen. So standen wir in der Stunde des Abschiedes alle am Strand, die Augen gegen die blendende Helligkeit der Sonne zusammengekniffen, und beobachteten, wie aus Immikentaalass-mariner-wreech mit seiner grünen Mütze wieder ein dünner Strich auf einem dickeren Klumpen und schließlich ein schwarzer Fleck wurde. Der schwarze Fleck krabbelte wie ein träger Wasserkäfer auf einen Punkt jenseits des gleißenden Horizontes zu, bis er mit dem Netz aus Lichtaugen verschmolz, das das blaugrüne Meer überzog.

Nun ist er gegangen, aber er hat uns etwas zurückgelassen – die Träume, die jetzt eins geworden sind mit unserer Insel. Vielleicht werden auch wir einmal das Glück erleben, vierundzwanzig der wandernden Seelen an unseren Gestaden zu beherbergen. Dann werden wir ihnen durch die seufzende Brandung hindurch entgegen gehen, den Seelenfrauen und Seelenmännern, die müde von ihrer langen Wanderung sein werden, und wir werden sie willkommen heißen in unserem Namen und im Andenken an jenen, der nun gegangen ist. Wir werden auf sie warten. Und auf ihn, der eines Tages zurückkehren mag, zurück aus dem Land des Geistes der weißen Wolke, zurück aus Te Oweakoa.

Der Schatzjäger

Nennt mich... nein, ich glaube, ich brauche keinen Namen zu nennen. Namen engen uns ein. Sie gestatten es anderen Menschen, Macht über uns auszuüben. Wenn du namenlos bleibst, wirst du immer die Freiheit haben, dein eigenes Schicksal zu erwählen. Also bitte, keine Namen.

Glaubst du, du hättest auf die gleiche Weise gehandelt wie ich? Nein, ich will es nicht wirklich wissen. Es würde sowieso keinen Unterschied machen. Ich bin froh, dass du es nicht versucht hast. Wer weiß, wozu ich gezwungen worden wäre, wenn das Schicksal uns an dieser einsamen Stelle zusammengeführt hätte; wenn du versucht hättest, als erster hier zu sein? Einer von uns hätte weichen müssen. Du wirst mir sicherlich zustimmen, dass nur einer von uns den Schatz wird bergen können. Den geheimnisvollen, leuchtenden, regenbogenfarbenen, unbezahlbaren Schatz, der im verfaulenden Rumpf der »Isabela La Católica« vergraben liegt, seitdem sie im Jahre 1542 vor der Küste Südamerikas auf den Grund des Meeres sank.

Ich stieß zufällig auf den Bericht über die unglückliche letzte Fahrt des Schiffes, als ich als Student der Geschichte über die überseeischen Wirtschafts- und Handelsbeziehungen Spaniens während der ersten Jahrzehnte seiner Kolonialherrschaft in Südamerika forschte. Die Erinnerung an blutbefleckte Schwerter war zu jener Zeit, mit der ich mich beschäftigte, noch frisch im kollektiven Gedächtnis der unterworfenen Völker, als die ungeheuren Reichtümer eines ganzen Kontinents begannen, in jenes kleine Land am Rande Europas zu strömen. Schiffe bildeten die Arterien, die einen unablässigen Strom von Gold und Silber über den Atlantik leiteten und ein strahlendes Netz der Macht schufen, das die halbe Welt umspannte. Ich interessierte mich für die Mechanik dieses interkontinentalen Austausches, wenn man es denn einen Austausch nennen mag. Im Falle der leuchtenden Metalle, aus denen die südamerikanischen Kulturen eine Fülle an wunderbaren und merkwürdigen Dingen geschaffen hatten, handelte es sich eher um eine Einbahnstraße, die übers Meer bis an die Gestade Spaniens führte.

Alte Schiffsberichte aus staubigen, in brüchiges Leder eingebundenen Aktenbänden im Nationalarchiv von Lima auszugraben, war eine langwierige und eintönige Beschäftigung, aber nur auf diesem Wege konnte ich ein Verständnis gewinnen für den Umfang und die Art des Handels und des Verkehrs, der zu jener Zeit zwischen Spanien und seinen Kolonien in der Neuen Welt stattfand. Wie viele Schiffe verließen den Hafen von Callao in Peru und begaben sich auf die lange und gefährliche Reise nach Spanien? Was trugen sie als Ladung an Bord? Wie viele Schiffe kamen ihrerseits an, und was brachten sie mit sich an Menschen, an Tieren, an Gütern? Wie viele erreichten tatsächlich ihr Ziel, wie viele gingen unterwegs mit Mannschaft und Ladung verloren, in einem Sturm versenkt oder von Piraten überfallen, die wie feige Aasfresser gerade außerhalb der Reichweite der spanischen Kriegsflotte lauerten?

Die erste Erwähnung der »Isabela«, auf die ich durch Zufall stieß, war nichts weiter als ein knapper Bericht über ihr Auslaufen aus Callao am 14. Mai 1542. Die Liste ihrer Ladung war nicht sehr lang und noch weniger beeindruckend. Es gab keinerlei Erwähnung von wohl verschlossenen Schatztruhen, angefüllt mit leuchtenden Edelmetallen. Das einzige Detail, das mir auffiel, war der Umstand, dass die »Isabela« offenbar eine Anzahl hoch stehender Passagiere an Bord hatte. Dies schloss ich aus der Tatsache, dass mehrere Namen angegeben waren, was nicht der Fall gewesen wäre, wenn es sich um Männer von geringer Bedeutung gehandelt hätte. Die Namen waren jeweils untereinander geschrieben, und sie waren im verblichenen und schwer entzifferbaren Text des Berichtes dergestalt angeordnet, dass sich mir der Eindruck aufdrängte, es habe sich um Mitglieder ein und derselben Gesellschaft gehandelt, die ihre Reise zusammen unternahmen. Keiner der Namen bedeutete mir jedoch irgendetwas, und ich war sowieso mehr an den materiellen Gütern interessiert, die das Schiff transportierte. Ich bemerkte jedoch, dass eine Zeile in der Namensliste leer gelassen worden war. 16 Namen insgesamt, 16 spanische Edelleute auf dem Weg von den Kolonien zurück ins Vaterland. Zurück in die Heimat, die Taschen mit den Reichtümern gefüllt, die sie angehäuft hatten? Es kümmerte mich nicht weiter.

Die »Isabela« blieb nur eine Codenummer unter vielen in meinem langsam wachsenden persönlichen Register von Schiffen. Ich dachte nicht mehr an sie, bis ich einige Monate später auf die Nachricht ihres Unterganges stieß. Die »Isabela« war am 9. Juni 1542 an einer nicht näher bezeichneten Stelle vor der südamerikanischen Küste gesunken, nachdem sie auf einen Felsen aufgelaufen war. 32 Männer der Besatzung, darunter der Kapitän, sowie acht Männer aus der Reisegruppe um Don José Villazuela de Aranda ertranken. Die überlebenden Besatzungsmitglieder und neun Angehörige der Gruppe von Don José – sein Name war als einziger angegeben – wurden gerettet (über die Umstände stand nichts im Bericht), nach Lima gebracht und den Behörden für eine Befragung übergeben – oder besser gesagt, von den Behörden zu einer solchen eingeladen. Mit dieser Aussage endete der Bericht.

Wiederum vergaß ich die ganze Angelegenheit. Meine wissenschaftliche Abschlussarbeit entfaltete sich langsam in meinem Geist. Ich begann, das Hin- und Herwogen von Menschen und Gütern zwischen den beiden Kontinenten in größerer

Klarheit zu sehen. Es war aufregend. Das Leben hielt noch eine Menge weiterer Überraschungen bereit. Es war eine gute Zeit.

Glaubst du, dass es wirklich so etwas wie einen Zufall gibt? Anders ausgedrückt, sind zufällige Ereignisse wirklich zufällig? Oder könnte es etwas, könnte es jemanden geben, der unser Schicksal nach vorne drängt, hier und dort ein wenig anstößt, den Pfad in die eine Richtung glättet und gleichzeitig ein kleines Hindernis erschafft, um uns eine andere, alternative Richtung zu verschließen? Ich weiß es nicht. Alles, was ich weiß, ist, dass ich zufällig mit einer Studentin ins Gespräch kam, die die Gesellschaft von Lima während jenes Abschnittes der frühen Kolonialzeit untersuchte, für den ich mich auch interessierte. Sie (auch hier keine Namen) war sehr attraktiv, und obwohl ich nicht wirklich daran interessiert war, mir einen langen Vortrag über einzelne Personen und die Verhältnisse innerhalb der sozialen Klassen der kolonialen Gesellschaft anzuhören, solange dies nichts mit meinen Schiffen zu tun hatte, verliehen das schöne, ebenmäßige Gesicht und die strahlenden Augen meiner Kameradin dem Treffen Glanz.

Obwohl ich das Datum, die Uhrzeit, selbst die genauen Umstände unseres Zusammentreffens vergessen habe, erinnere ich mich immer noch sehr genau an jene Sekunde, als sie den Namen von Don José Villazuela de Aranda fallen ließ. Die Welt hörte auf zu atmen. Ich blinzelte. Etwas schien in meinem Kopf zu klicken, und ich erinnerte mich an den Namen. Ich hielt den Atem an, dann atmete ich langsam aus. Ich bat sie zu wiederholen, was sie soeben erzählt hatte. Und so berichtete sie mir von den Umständen, unter denen Don José Villazuela de Aranda ermordet worden war.

Er muss in der Gesellschaft von Lima zu jener Zeit einen gewissen Rang eingenommen haben, damit Berichte über seinen Tod und die nachfolgenden Untersuchungen Eingang in die Archive fanden. Zweifellos hatte er viele Feinde. Er wurde am 19. Dezember 1542 in einer dunklen Gasse in Lima hinterrücks erstochen und starb einen Tag später, ohne das Bewusstsein wieder zu erlangen. Das musste kurze Zeit nach seiner Befragung im Zusammenhang mit dem Untergang der »Isabela« gewesen sein. Was für ein seltsamer und tragischer Zufall: Ein Mann wird wenige Monate, nachdem er knapp dem Tod auf See entronnen ist, umgebracht. Das Leben kann uns sehr üble Streiche spielen. Anscheinend wurde der Mörder nicht gefunden, zumindest nicht sofort; denn sonst wäre das in den diesen Fall betreffenden Berichten sicherlich vermerkt gewesen.

Meine attraktive Begleiterin bemerkte mein plötzlich gesteigertes Interesse an ihrem Thema und fuhr fort mit dem Hinweis, dass die Geschichte eine merkwürdige Fortsetzung habe. Einer der Freunde Don Josés, der nach dem Mord über mögliche Hinweise auf den unbekannten Mörder befragt wurde, wurde seinerseits drei Tage später gewaltsam vom Leben zum Tode gebracht.

Die Welt verblasste, ich vernahm alle Geräusche wie durch eine dicke Mauer hindurch, und ich hatte das eindringliche Gefühl, als ob plötzlich etwas Kaltes in mein Gesicht gestoßen worden wäre. Namen tauchten in meiner Erinnerung auf. Als meine schöne Begleiterin sich schließlich nach einigem Nachdenken an den Namen des ebenfalls ermordeten Freundes von Don José erinnerte, war ich nicht übermäßig erstaunt, ihn als den Namen eines der anderen Passagiere von der Liste der vom Schicksal geschlagenen »Isabela« zu erkennen; der Namensliste, die in dem allererst Bericht über das Unglücksschiff enthalten gewesen war.

Hast du jemals das Gefühl gehabt, dass du etwas Gewaltigem auf der Spur bist? Etwas, das den Lauf deines Lebens verändern kann? Dies war das Gefühl, das mich ergriff und wie auf dem glänzenden Rücken einer riesigen Welle mit sich riss – wohin? Die Tage schienen viel zu kurz zu sein, während die Zeit verflog. Ich gab meine Suche nach Berichten über Schiffspassagen auf und verwandelte mich einige Monate hindurch in einen einsamen Jäger inmitten der düsteren Regale der Archive Perus. Ich vertraute mich niemandem an, schon gar nicht meiner schönen Mitstudentin, deren leuchtendes Gesicht aus meinem Bewusstsein verschwand, je mehr der Jagdinstinkt mich überwältigte. Die Hinweise, die ich ansammelte, bildeten allmählich einen Sog, der mich in den Mittelpunkt der Verfolgung, die nun angebrochen war, mit unwiderstehlicher Macht hineinsaugte.

Don Carlos Maria de Goroniaga – durch einen Unfall ums Leben gekommen, nur sechs Monate nach seiner wunderbaren Rettung von der gesunkenen »Isabela«. Don Xavier José Conde de Urdesa – an einer unbekannten Krankheit gestorben – möglicherweise vergiftet? – sechs Tage später. Don Gerenal de Marvala y Torlet – er brach seinen Hals, als er eine Treppe in seiner Residenz in Lima hinunterstürzte, zehn Tage nach dem Tod seines unglücklichen Kameraden, Don Sebastián Mariano Salvador de Pozuelos. Und so weiter. Die Jahrhunderte, die mich von den Begebenheiten trennten, die ich allmählich zusammenfügte, schienen sich zu verflüchtigen. Ein kalter Hauch kroch jedes Mal mein Rückgrat entlang, wenn ich erneut einen der riesigen und staubigen Bände in den düsteren Gewölben des Nationalarchivs öffnete und auf einen weiteren derjenigen Namen stieß, die sich mir mittlerweile ins Gedächtnis eingebrannt hatten. Von den neun überlebenden Mitgliedern von Don Josés Gesellschaft starben sechs eines anscheinend natürlichen Todes, der aber plötzlich und unerwartet eintrat, oder verloren unter ebenfalls mysteriösen Umständen gewaltsam ihr Leben – alles innerhalb eines Zeitraums von fünf Monaten nach ihrer Rückkehr nach Lima, und ohne dass, soweit ich herausfinden konnte, irgendwelche Spuren der möglichen Mörder gefunden worden wären! Über drei Fälle fand ich keine Unterlagen, aber wenig später stieß ich – wiederum durch eine unerwartete Wendung des Schicksals – auf einen Brief, den der Bruder eines der drei an einen Freund in Lima geschrieben hatte, eineinhalb Jahre nach dem Untergang der »Isabela«. In diesem Brief beklagte der Schreiber den frühzeitigen Tod seines Bruders bei einem Reitunfall, gerade zwei Wochen nach seiner Rückkehr von Peru nach Spanien. Welch böses Schicksal mochte die beiden anderen Passagiere auf der ursprünglichen Liste befallen haben?

Zwei?

In diesem Moment – und erst jetzt – wurde mir zum ersten Mal bewusst, dass der Bericht über den Untergang der »Isabela« eindeutig festgehalten hatte, dass acht Mitglieder der Gruppe um Don José bei dem Unglück ertrunken waren. Neun Überlebende waren nach Lima gebracht worden. Das machte insgesamt siebzehn Personen. Wie hatte ich die eine Tatsache übersehen können, jene Tatsache, die mir von Anfang an ins Gesicht gestarrt hatte, ohne dass ich es merkte – die Tatsache, dass der allererste Bericht über den Aufbruch der »Isabela« von Callao eine Liste enthielt, in der nur sechzehn Namen verzeichnet waren?

Wer war der siebzehnte Passagier?

Eine leere Zeile.

Obwohl es schon spät am Abend war, konnte ich den missgelaunten Angestellten des Nationalarchivs überzeugen, dass ich nur noch einen einzigen weiteren Blick auf eines der Dokumente werfen musste, ja, ich weiß, wo es sich befindet, es wird keine Minute dauern. Meine Hände zittern, als ich vorsichtig die Seite aufschlage. Ja, hier sind die sechzehn Namen. Ich kannte die Umstände des Todes von fünfzehn von ihnen, und ich war sicher, dass derjenige, dessen Spur ich verloren hatte, der aber in der Liste aufgeführt war, einem ähnlichen Schicksal zum Opfer gefallen war. Und hier ist die leere Zeile. Ich untersuche sie sorgfältig, halte sie ins Licht, berühre sie sogar sanft mit meinen Lippen, dem empfindlichsten Organ eines Menschen, um der kleinsten Unregelmäßigkeit nach zu spüren. Es gibt keinen Zweifel, obwohl die Spuren fast nicht erkennbar sind: Jemand hat mit außerordentlicher Umsicht den Namen, der ursprünglich in dieser Zeile gestanden war, ausgelöscht, ausgekratzt.

Ich brauchte einige Tage, bis ich genügend Mut angesammelt hatte, um den Eintrag aus dem Archiv herauszuschmuggeln. Ich war sicher, dass niemand jemals sein Fehlen bemerken würde. Niemand, soweit ich wusste, kannte seine Bedeutung. Sogar ich selbst war mir nicht sicher. Was erhoffte ich zu finden? Ich handelte aufgrund einer Intuition, aber es lag viel Überzeugungskraft in der Vermutung, dass jemand – der unbekannte Passagier, und ich war felsenfest davon überzeugt, dass er die Person war, der ich nachforschen musste – mit großem Aufwand seine Kameraden, einen nach dem anderen, nach dem Untergang der »Isabela« vom Leben zum Tode gebracht hatte, um danach alle Spuren, die er in den diesen Fall betreffenden Dokumenten hinterlassen haben mochte, auszulöschen. Ich meine damit wirklich alle Dokumente. Es gelang mir, die Berichte über die behördlichen Unterredungen mit den Überlebenden zu finden, in denen die genauen Umstände des Untergangs der »Isabela« geschildert waren. Ein Name fehlte immer – sorgsam ausgelöscht, ausradiert, mit einer feinen Klinge weg geschabt. Das Gleiche galt für alle Hinweise auf den exakten Ort, an dem die »Isabela« gesunken war. Sie war auf dem Weg nach Norden gewesen, nach Panama; dies war die gewöhnliche Route für all diejenigen Waren, die für Europa bestimmt waren. In Panama wurden sie normalerweise über Land an die Atlantikküste transportiert, um dort für den Weitertransport nach Osten erneut auf Schiffe verladen zu werden. Die »Isabela« konnte noch nicht weit gesegelt sein, da sie erst knapp drei Wochen auf See gewesen war, als das Unglück geschah.

Was auf den ersten Blick wie die Fahrt eines ziemlich unbedeutenden Schiffes ausgesehen hatte, nahm nun unerwartete Dimensionen an. Was hatte jene unbekannte Person gewusst, das sie mit niemand anderem teilen wollte? Ich kam zu dem

Schluss, dass etwas an Bord der »Isabela« einen solch ungeheuren Wert für ihn gehabt haben muss, dass er jegliches Wissen von seiner Existenz und sogar jede Kenntnis von der genauen Lage des Wracks von allen anderen Menschen fern halten wollte. Um dieses Ziel zu erreichen, verwandelte er sich in einen unbarmherzigen, kaltblütigen Mörder, der mit kaum glaublicher Präzision jede Spur von sich selbst aus den diesen Fall betreffenden Dokumenten auslöschte. Hatte jemand sonst von der Existenz dieses... Objektes gewusst? Waren die Behörden informiert gewesen? Wahrscheinlich nicht, sonst hätten sie ihn oder die anderen nicht wieder gehen lassen.

Ich begann, diesem Mann in meiner Vorstellung ein Gesicht zu geben, ein geistiges Abbild von ihm zu zeichnen. In meiner Fantasie und in zunehmendem und beunruhigendem Maße in meinen Träumen erschien er als bleicher junger Mann, das schmale Gesicht von einem Bart umrahmt gemäß der Mode seiner Zeit; mit schwarzem Haar, schwarzen Augen, in Schwarz gekleidet, sein ruheloser Geist von schwarzen Gedanken ergriffen. Hatten die anderen Mitglieder der Gruppe um Don José begriffen, in welcher Gefahr sie schwebten, als einer nach dem anderen einem unaufgeklärten Tode zum Opfer fiel? Hatten einige von ihnen versucht zu fliehen und erneute Anstrengungen unternommen, ein Schiff zu finden, das sie nach Spanien bringen würde, in Sicherheit, wie sie hofften? Und was um alles in der Welt mochte sich an Bord der »Isabela« befunden haben, das der Grund für diese grausamen Taten gewesen sein konnte? Vielleicht eine Art von Schatz?

Mit diesen Überlegungen, die mehr und mehr meinen Geist beschäftigten, schien die Jagd nach dem geheimnisvollen siebzehnten Passagier zu einem Ende gekommen zu sein. So viel ich auch weiter forschte, konnte ich doch kein Dokument mehr lokalisieren, das mir einen Hinweis auf seinen Namen gegeben hätte. Ich stieß auch auf keine weitere Erwähnung der »Isabela« oder der Ladung, die sie mit sich geführt haben mochte. Meine Nächte waren erfüllt mit furchtbaren Visionen der donnernden Brandung, die gewaltige Breschen in den hölzernen Rumpf eines großen Schiffes schlägt, dem Anblick der aufgedunsenen Gesichter der Ertrunkenen, dem Aufblitzen von blutigen Dolchen in der Nacht und immer, immer mit dem Angesicht eines bleichen jungen Mannes, der getrieben ist von einem jeden Maßstab sprengenden Wahnsinn. In einigen meiner lichten Momente des Wachseins war ich überzeugt, dass ich mir dies alles nur ausdachte, dass ich völlig unzusammenhängende Geschehnisse miteinander in Verbindung brachte, die sich durch eine groteske Ironie als logische Kette von Schicksalen darstellten und mir als Ursprung einen geheimnisvollen Schatz an Bord der »Isabela« vorgaukelten. Ein Schatz, für dessen tatsächliche Existenz ich nicht den geringsten Beweis vorzubringen vermochte!

Während die Jahre vergingen, verloren meine Visionen an Kraft und nahm mein Interesse ab. Ich beendete meine wissenschaftliche Abschlussarbeit, schloss meine Prüfungen erfolgreich ab und verließ vollkommen das Arbeitsgebiet meiner Ausbildung, da es mir unmöglich war, meinen Lebensunterhalt mit der wissenschaftlichen Arbeit zu verdienen. Obwohl ich die Angelegenheit nicht weiter verfolgte, vergaß ich sie nicht vollständig, und ich verwahrte jenen Eintrag über den Aufbruch der »Isabela« zu ihrer unglücklichen Reise, den ich aus dem Archiv gestohlen hatte, an einem sicheren Ort.

Und das wäre das Ende der ganzen Geschichte gewesen, wenn nicht eine weitere unvorhergesehene Wendung des Schicksals mir eine Stelle als Angestellter bei einer Bank verschafft hätte. Einige Monate später wurde uns eine neue Methode zum Erkennen gefälschter Banknoten vorgestellt. Indem man die verdächtigen Geldscheine mit einem kleinen Gerät bestrahlte, das ultraviolettes Licht aussendete, wurden Einzelheiten sichtbar, die dem unbewaffneten Auge verborgen blieben.

Als ich diese Methode das erste Mal benutzte, um eine Reihe von Geldscheinen zu überprüfen, verspürte ich plötzlich das Gefühl, als hätte ich etwas Wichtiges vergessen. Erst beim zweiten Mal kam mir unvermittelt die Erkenntnis, dass es neue

Wege geben könnte, den Namen jener schon vor langer Zeit verstorbenen Beute herauszufinden, die ich so viele Jahre hindurch verfolgt hatte.

Danach war es verblüffend einfach. Ich nahm eine der speziellen Lampen mit nach Hause, schloss mein Arbeitszimmer ab und entnahm den aus dem Archiv entwendeten Bericht seinem Versteck. Eine tödliche Ruhe erfüllte mich. Meine Hände zitterten nicht, wie sie es damals, als ich vor so vielen Jahren diese Seite stahl, getan hatten, denn dieses Mal wusste ich, dass er vorhanden sein würde, der lang gesuchte Name. Ich schaltete die Leuchte ein, und dort war er, der Name, den er mit so großer Sorgfalt aus dem Dokument getilgt hatte – kaum lesbar, aber in ausreichender Klarheit. Ein wildes Hochgefühl erfüllte mein Herz. Die Jagd hatte wieder begonnen.

Warum sollte ich dich langweilen mit den Einzelheiten jener arbeitsreichen Jahre, die nun folgten? Das plötzlich wieder aufgebrochene Gefühl, von einem unwiderstehlichen Zwang überwältigt zu werden, von einem Schicksal jenseits meines Einflusses angetrieben zu sein? Ich war im Besitz des Namens, und durch den Namen begann ich Macht auszuüben über die Identität dieses geheimnisvollen Mörders, der nun schon seit so vielen Jahrhunderten tot war, aber jede Nacht in meinen Albträumen aus der Asche der Vergangenheit wieder auferstand. Ich wandte viel Zeit und Geld auf, um hier einen kleinen Hinweis, dort einen

Beweis für meine Schlussfolgerungen zu finden, winzige Fußspuren im Buch der Zeit. Ich reiste sogar nach Spanien, nachdem ich jahrelang Geld für diese Reise gespart hatte, und stieß auf einen wichtigen Hinweis im Generalarchiv in Sevilla, das das in Leder gebundene Gedächtnis des spanischen Kolonialreiches in seinen Mauern birgt. Stück um Stück gewann die Gestalt des Mannes, den ich durch die Korridore der Jahrhunderte jagte, allmählich an Leben.

Sein Leben war ein Leben voller Abenteuer gewesen. Ich erfuhr seinen Geburtsort, doch erst, nachdem er zwanzig Jahre im Schatten der Vergangenheit verborgen geblieben ist, tritt er in Erscheinung als ein Verrückter, der das reiche Erbe, mit dem er von Geburt an ausgestattet ist, in seiner Suche nach der verborgenen Stadt der unterjochten Inkas verschleudert. Seine Familie enterbt ihn nach einer dunklen Affäre, die seinen Bruder das Leben kostet und seine Schwester zu einem Fall für die Irrenanstalt macht. Er entkommt. Er versteckt sich, nur um als eine leere Zeile in einer Liste von Namen wieder zu erscheinen.

Waren die anderen sechzehn Mitglieder der Gruppe um Don José seine Freunde? Freunde, die er dazu überredete, ihn in seiner Suche zu unterstützen und zu begleiten? Fanden und betraten sie Macchu Picchu, die Stadt und Festung der Inka, die verborgen zwischen den nebelumhüllten Berggipfeln hoch über dem Urubamba-Tal liegt und angeblich nie von den Spaniern gefunden wurde? Oder erforschten sie irgendeinen anderen Ort – die Dokumente geben zu diesem Punkt nur sehr ungenaue Angaben. Und was fanden sie und brachten sie mit sich, wo immer sie auch waren? Was veranlasste sie, ein Schiff zu bezahlen, um sie nach Spanien zurück zu bringen?

Das Schicksal kann großzügig sein, wenn es nur will. Es gab mir in meine Hände das nach meiner Kenntnis einzige Dokument, das von eben jenem Mann geschrieben wurde, nach dessen Identität und Geschichte ich auf der Jagd war. Ich werde euch nicht mit Einzelheiten belästigen. Es ist eine bemerkenswerte Geschichte und würde sich heutzutage gut für einen Roman eignen. Ein Roman – vielleicht ist es genau das, was diese Geschichte auch ist. Vielleicht.

Das Dokument umfasst nur wenige Seiten. Es ist an niemanden im Besonderen gerichtet; vielleicht schrieb er es als eine Art persönliches Tagebuch, um für später einige Details besser festzuhalten. Wonach er suchte, war – in seinen eigenen Worten, und von mir selbst aus dem altmodischen Spanisch übertragen – »ein Schatz, wie ihn noch kein Mensch jemals zuvor besessen hat« (entweder betrachtete er die einheimischen Indios nicht als Menschen, oder ihm war die Möglichkeit bewusst, dass der Schatz niemals vorher im Besitz einer einzelnen Person gewesen sein mochte). Er nennt diesen Schatz »den Stein der Macht«, den »Herrn der Träume«, den »Beherrscher der Gedanken«. Es handelte sich um ein einzelnes Objekt, doch es ist unmöglich, aus den Beschreibungen zu erschließen, wie dieses Objekt tatsächlich aussah. Man hat den Eindruck, dass er in diesem Punkt sich mit Absicht unklar und mehrdeutig ausdrückte. Es kann nicht sehr groß gewesen sein: »Ein Mann kann ihn mit einer Faust umfassen«, schreibt er an einer Stelle, nur um wenige Zeilen später fortzufahren: »Von der Größe des Kopfes eines gut gewachsenen Mannes.« Das Objekt mag annähernd kugel- oder zylinderförmig gewesen sein. Es ist nicht erläutert, aus welchem Material es gefertigt war, außer dass »die Oberfläche der Fläche eines Sees gleicht, über den der Wind vielfarbige Wellen treibt.« An dieser Stelle ändert die eher trockene Ausdrucksweise ihren Charakter und nimmt einen sehr poetischen Zug an. Anscheinend übte dieses Objekt einen bestimmten psychischen Einfluss auf einige Menschen in seiner Umgebung aus. Zumindest in seinem Fall muss dies geschehen sein, aber er schildert auch, dass die meisten seiner Kameraden völlig unbeeinflusst blieben.

Ich hatte das Gefühl, mich in einem bodenlosen Abgrund des Wahnsinns zu verlieren. Nicht Gold oder Silber war es, das er mit so glühenden Worten beschrieb, oder eines der anderen Artefakte, die die Seelen so vieler Menschen in ihren Bann geschlagen hatten. Es handelte sich um ein Objekt »großen Alters, aber vor dem Auge so jung, als wäre es erst gestern erschaffen worden.« Offenbar war er davon überzeugt, dass er dieses Objekt würde benutzen können, um den Geist anderer Menschen zu beherrschen. »Es verschafft dir Träume, die das Licht des Verstandes überstrahlen«, schreibt er. »Wer ein Geweihter ist, dem steht eine Macht ohne Grenzen zu, ihm wird unendliches Glück zuteil, er vermag den Geist anderer Menschen seinem eigenen untertan zu machen.«

Die Gruppe von Männern, die mit ihm reiste, entdeckte dieses Objekt, aber er muss der einzige gewesen sein, der das Gefühl hatte – gar das sichere Wissen, um in seinen eigenen Worten zu sprechen – dass er imstande sein würde, den »Stein« zu beherrschen und für seine eigenen dunklen Zwecke zu benutzen.

»Denn ihnen«, schleudert er verächtlich seinen Kameraden entgegen, »ihnen bringt er keine Träume und keine Macht. Sie sehen nur den Stein, dem er ähnelt. Ich, ich allein erkenne den Regenbogen in seinem Antlitz! Lasst mich ihn halten, lasst mich lernen, ihn zu benutzen, und meine Träume werden sicherlich wahr werden!«

Ein Wahnsinniger! Ein Verrückter! Und wegen dieser Verrücktheit tötete er oder ließ töten alle jene Männer, die seine treuen Gefährten gewesen waren auf der abenteuerlichen Suche nach diesem »Stein«! Ich las den Bericht und war bis in die Tiefe meiner Seele angewidert. Ich las ihn ein zweites Mal und fand ihn lächerlich.

Dann war ich verwirrt. Und schließlich – entschlossen.

Mein Leben gleicht nun einem schnell fließenden Strom, der die Nacht durcheilt und jenem unabwendbaren Augenblick entgegenstürzt, in dem er seine Identität, seinen Namen aufgibt und seine Wasser mit denen des Ozeans vermischt. Was kümmerte mich die Gegenwart! Ich lebte für die Vergangenheit, für den gespenstischen Wahnsinn eines Irren und für die Versprechung einer Zukunft, in der der Wind vielfarbige Wellen über den Spiegel des Meeres jagt. Ich benötigte weitere zwei Jahre, bis ich herausbekam, an welcher Stelle die »Isabela« Schiffbruch erlitten haben mochte. In einigen wenigen Sätzen, die seinem Bericht beigefügt sind, offenbar in großer Hast geschrieben, erwähnt der Autor, dass das Schiff in eine Flaute geriet; er beschreibt die drei Wochen, während derer eine unerbittliche Strömung sie stetig nach Westen trug, bis sie vor der Küste einer Insel Schiffbruch erlitten, die »dergestalt vom Leben verlassen ist, dass es scheint, als seien Steine vom Himmel herab geregnet – am Horizont [erkenne ich] eine Gruppe von Felsinseln gleich der Gestalt eines großen kauernden Hundes – schwarze Drachen, Kobolde der Dunkelheit, waren unser einziger Unterhalt, ihr Blut unser einziger Trank – das Land ist wie ein schwarzer Fluss, zu Stein gefroren – als die Winde wiederkehrten, fanden wir unseren Weg zurück in den Beibooten.«

Nur einige wenige Worte, und doch weiß ich, dass sie eine Hölle des Leidens umschließen, ausgedörrte Kehlen und nagenden Hunger und den übermächtig werdenden Wunsch, den Hals des schlafenden Kameraden aufzuschlitzen, um sich an seinem warmen Blut zu laben.

Und dennoch – »der Stein, DER STEIN, ICH HÖRE, WIE ER MEINEN NAMEN RUFT!« sind die letzten Worte dieses Dokuments. Sie wecken in mir das Bild eines ausgemergelten Mannes, der notdürftig in schwarze Lumpen gehüllt ist und mit Verzweiflung im Herzen an den Ufern eines schwarzen gefrorenen Flusses der Hölle sitzt. Er lauscht der Stimme, die ihn aus der Brandung des Meeres heraus ruft, lockend, verlangend, herrschend, einer Stimme, die niemand sonst wahrzunehmen vermag...

Begreifst du jetzt, warum ich hierher, an diesen entlegenen Ort kommen musste? Die Reise dauert nicht mehr drei Wochen, wie dies damals zu seiner Zeit der Fall war. Dort, am Horizont – erkennst du die Felsinseln »gleich der Gestalt eines großen kauernden Hundes?« Nur vergleichen die Menschen von heute sie mit der Gestalt eines schlafenden Löwen. Er hätte nie diesen Vergleich benutzt. In seinem ganzen Leben hat er sicherlich keinen lebenden Löwen zu Gesicht bekommen.

Ich weiß, dass es immer noch dort unten ist, das Wrack der »Isabela La Católica«, verborgen im blauen Wasser, von weißen, windgeblähten Segeln über einem Ozean träumend, auf dem die Sonne tanzt. Ich weiß, dass er seinen Weg nie wieder hierher zurück fand; oder falls es ihm gelang, dass er nicht die Ausrüstung besaß, um hinunter zu tauchen und im Wrack den Stein zu suchen. Ich kann den Stein noch nicht hören. Vielleicht wird er durch Wasser geschwächt, seine Stimme dadurch gedämpft.

Betrachte den Himmel. Wie blau er ist, als ob er den Ozean widerspiegelte. Würde er auch das Wrack der »Isabela« spiegeln? Ich weiß nicht, was das für große Vögel sind, die sich von der warmen Luft tragen lassen und deren riesige schwarze Umrisse und gegabelter Schwanz ihnen das ausgefallene Aussehen eines Kampfflugzeuges verleiht. Später werden wir die schwarzen Drachen zu Gesicht bekommen, die die unglücklichen Männer gezwungen waren zu essen. Dort drüben ist der Ort, an dem der »schwarze Fluss der Hölle« in dem Moment gefror, als die glühende Lava ins Meer floss, eingehüllt in mächtige Dampfwolken; ein Schnappschuss des Augenblicks der Schöpfung. Jetzt wachsen dort Bäume am Ufer, jene tot und verbrannt aussehenden Stämme, ja, es sind Bäume, und sie leben. Sie verlieren ihr Laub in der Trockenzeit. Wenn die »Isabela« nur wenige Wochen früher Schiffbruch erlitten hätte, hätten jene unglücklichen Männer womöglich noch die letzten Regenfälle erlebt, und die Insel wäre in ein grünes Kleid eingehüllt gewesen.

Wenn wir dem Ufer näher kommen, wirst du die Bäume riechen können. Es ist ein Geruch, den du nie vergessen wirst, solange du lebst: Schwer und süß wie die Luft in einer warmen Sommernacht. Wenn du später wieder auf diesen Geruch triffst, wird er dir Erinnerungen an die Inseln zurückbringen, als wärst du nie fort gewesen. Vielleicht nehmen wir ein Stück Holz mit uns, nur um diesen Geruch mit nach Hause zu nehmen. Andererseits – wenn ich den Stein einmal gefunden habe, werde ich das nicht mehr brauchen.

Hörst du jenes bellende Geräusch? Nein, das sind keine Hunde, hier leben keine Menschen. Es gibt niemanden außer uns im Umkreis von vielen Dutzenden von Kilometern. Das sind Seelöwen. Dort drüben, an jenem kleinen Strand, jene Dinger, die wie riesige, sich sonnende Nacktschnecken aussehen. Sie ruhen sich gerne und lange aus. Vielleicht werde ich einigen unter Wasser begegnen.

Das Wasser ist überraschend kalt, wenn man bedenkt, dass wir uns direkt auf dem Äquator befinden. Ich brauche immer ein paar Momente, um mich an den unerwarteten Schock zu gewöhnen, aber dann ist es herrlich. Ich bin gelassen, völlig gelassen. Natürlich sind die Chancen, die »Isabela« gleich beim ersten Tauchgang zu finden, sehr gering, aber ich habe Zeit. Ich kann Jahre damit verbringen, entlang der Küste zu suchen. Ich weiß, dass das Schiff hier unterging, und sobald ich in die Nähe des Wracks gerate, werde ich den Stein singen hören. Niemand kann mich aufhalten. Niemand weiß davon, und du wirst niemandem davon erzählen.

Ich überprüfe mein Gerät und lasse mich ins Wasser gleiten. Das Gewicht des Gürtels zieht mich hinab. Die Welt ist erfüllt von dem gleichmäßigen Geräusch meines eigenen Atems. Ich kann den Grund noch nicht sehen; es scheint noch weit hinunter zu gehen. Ich besitze einige Instrumente an Bord des Bootes, die mir Anhaltspunkte über die Struktur des Untergrundes geben, aber wenn etwas Interessantes erscheint, muss ich selbst nachschauen. Ich bin ein guter Taucher, ich habe mich hierfür jahrelang vorbereitet. Ich brauche niemanden, der mich begleitet.

Hier gibt es nur wenig Fische. Vielleicht treffe ich auf einen oder zwei Haie, deren torpedoförmige Gestalt mit verblüffender Leichtigkeit an mir vorbei in die dunkle Bläue hinein entschwindet. Hier, in diesen Gewässern, sind sie harmlos. Kein Grund für Besorgnis. Ich schaue nach oben. Die Strahlen der Sonne durchschneiden das Wasser wie ein zitternder, aus nadelspitzenfeinen Punkten bestehender Lichtvorhang, der mich in seiner Helligkeit umfängt und blendet. Plankton tanzt wie Staub in den Strahlen, die sich nach unten und außen zu verbreitern scheinen. Dort ist der Grund. Ich kann ihn gerade noch erkennen, eine etwas dunklere Färbung in der immensen blauen Schale des Ozeans. Jetzt erkenne ich Einzelheiten. Dort sind Felsen, ich wusste, dass hier Felsen sein würden, schwarze und scharfkantige Lava, die hinweg zu erodieren all die vergangenen Jahrtausende nicht ausgereicht haben. Es müssen Felsen wie diese gewesen sein, die den weichen Leib der »Isabela« aufschlitzten und ihre menschliche Fracht hinaus ins tobende Meer schleuderten.

Dort ist ein Schatten am Boden. Er ist groß. Er ist groß. Aber es ist kein Schiff.

Kann ich tiefer gehen? Noch habe ich genug Luft. Nichts kann mir passieren, nichts. Ich bin gelassen.

Ich habe das Gefühl, dass etwas an meinem Geist zieht, nach meiner Aufmerksamkeit verlangt. Ist das wirklich ein fernes Bellen, das ich höre? Nein, hier kommt ein Seelöwe. Es ist ein großes Männchen. Er betrachtet mich aus ernst und gleichgültig blickenden Augen. In dieser Entfernung vom Strand bin ich keine Gefahr für ihn. Näher am Strand wäre ich ihm nicht gewachsen, würde er wirklich wütend werden. Jetzt kommen andere Seelöwen herbei. Sie tanzen graziös um mich herum, sausen heran, um meinen Schwimmflossen einen spielerischen Biss zu geben. Ich wünschte, du könntest hier sein und das erleben. Sie haben riesige, leuchtende Augen. Die Sonne zaubert Lichtpunkte auf ihr glattes Fell und lässt die darin eingeschlossene Luft wie eine silberne Haut erscheinen. Es ist so wunderschön.

Wieder habe ich dieses ziehende Gefühl, als ob mich jemand rufen würde. Ich höre nichts außer dem Geräusch meines Atems und dem kindlichen Lachen der Seelöwen und dem Flüstern von Tausenden kleiner Plankton-Staubkörner, die in der Sonne tanzen. Luftblasen verlassen mein Tauchgerät und treiben nach unten. Sie klingen wie kleine Silberglöckchen, sobald sie unterwegs auf etwas wie die hölzernen Rippen eines seit langer Zeit toten Schiffes treffen, das mir entgegenkommt. Etwas ruft mich. Wie viel Luft habe ich noch? Ich sollte zurück an die Oberfläche. Die Sonne ist direkt vor mir, ein riesiger, durch das Wasser verschwommener, goldener Ball, die Tore zu ihrem flüssigen Herzen weit aufgestoßen. Ich bekomme zu wenig Luft, ich ersticke!
Keine Panik!
Ich bin gelassen.
Ich bin gelassen.
Nun kann ich tatsächlich hören, wie sie mich rufen. Da unten sind Menschen, Menschen mit silbern schimmernden Gewändern und großen lächelnden Augen. Sie haben den Stein. Ich weiß, dass sie ihn haben. Sollte er nicht mir gehören, nach all diesen Jahren einer verbissenen und einsamen Jagd? Es spielt keine Rolle. Der Vorhang der Sonne schließt sich um mich und erleichtert mein erschöpftes Herz von seiner Bürde. Da ist etwas Großes und Schweres auf meinem Rücken, das ich nicht benötige, ich weiß nicht, was es ist,

ich schüttle es mit Mühe ab und schaue zu, wie es langsam nach unten auf den blendend hellen Grund niederschwebt. Wieder höre ich sie rufen, die Stimme des Steins ist ein rollender Donner inmitten ihres kindlichen Lachens, wie das Geräusch der Brandung, die in den Himmel stürzt und ihre Flügel aus weißer Gischt ausbreitet, um über den Spiegel des Meeres zu segeln. Voller Freude stürze ich ihnen entgegen, treibe mich voran mit einem einzigen Schlag meiner Schwanzflosse, und dann kann ich ihre Worte verstehen,
    aber woher

KENNEN SIE MEINEN NAMEN

Der Unersättliche

In dieser Nacht erwachte der Unersättliche, vor Hunger wimmernd. Die Sonne hatte soeben erst begonnen, sich über den Horizont zu schieben, sodass das Land noch unter der Decke der Dämmerung gefangen lag. Eine dünne Reifschicht glitzerte auf den Felsen. Aus den Schornsteinen des Dorfes unten in der Ebene ringelten sich träge aufsteigende Rauchfahnen in die klare Luft.

Der Unersättliche wand sich in den Fängen des Hungers. Die Leere brannte in seinem Inneren. Es schien ihm, als wäre die Welt auf unfassbare Weise geschrumpft und bestünde nur noch aus den Wellen der Schwäche, die ihn in unregelmäßigen Abständen überfielen und seine Glieder erzittern ließen wie dürres Gras im Wind. Es war nicht das erste Mal, dass der Unersättliche solchen Hunger litt, und er wusste, was dagegen zu tun war. Als er hinab in das Tal schaute, an dessen Rändern die Nacht allmählich einem rosigen Tag wich und in dessen Mitte das noch schlafende Dorf wie eine geöffnete Hand lag, war ihm, als könnte er selbst aus dieser Entfernung den Geruch des Lebens wahrnehmen, der den schattenerfüllten Häusern entströmte.

Der Hunger würgte den Unersättlichen wie mit einer eisernen Faust, während er oberhalb des Tales lag und das Menschengewimmel beobachtete, das bereits in den frühen Morgenstunden die engen Gassen und Gässchen zu füllen begann. Die Sonne schwamm in einem blauen Himmel, der Schnee glänzte auf den Feldern. Ein kalter Wind fiel von den Bergen herab und spielte mit den dicken Schals und langen Mänteln, mit den bunt gemusterten Mützen und den wehenden Haaren der Menschen auf dem Marktplatz. Fuhrwerke rumpelten über das Pflaster. Die durchdringenden Stimmen der Marktfrauen waren selbst noch aus der Höhe zu vernehmen; sie klangen wie die scharfen Stimmen der Möwen, die – von den Ufern des Meeres jenseits der Berge kommend – gelegentlich das Tal als weiße Schatten durchsegelten.

Der Unersättliche litt Qualen. Trotzdem wartete er, verharrte er fast regungslos, bis die Schatten wieder von den Bergen herab krochen und wie tintige Seen im Becken des breiten Tales zerflossen. Die Häuser des Dorfes füllten sich nacheinander mit warmen Lichtern. Übermächtig war der Geruch des Lebens, der den Unersättlichen erreichte. Schließlich – die Dämmerung verhüllte bereits den Weg hinab ins Tal – erhob er sich und begab sich auf den Weg hinab zu der funkelnden Krone aus Lichtern, in das sich die ärmlichen Hütten des Dorfes verwandelt hatten.

*****

Am Ortsrand lag ein weithin bekanntes Gasthaus. Gelbes Licht tropfte aus den Fenstern und beleuchtete den Vorplatz, auf dem Hunderte von emsigen Füßen und Hufen den Schnee zu braunem Matsch zerstampft hatten, der sich durch die zunehmende Kälte der Nacht mit dem funkelnden Glanz von Schneediamanten überzog. Von drinnen drangen laute Stimmen und gelegentliches Lachen; draußen war jedoch kein Mensch zu sehen. Der Unersättliche verharrte eine Weile am Rande des Lichtscheines, der das Gebäude als glänzender See umgab, und betrachtete die stillen Dampfwolken, die sein Atem in der kalten Winterluft erzeugte. Fast vermeinte er den Geruch der Speisen zu riechen, die im Innern des Gasthauses aufgetragen wurden, doch er zögerte den Moment des Eintretens noch einen kurzen Augenblick hinaus. Der Frost knisterte in seinen Haaren. Schließlich stieß der Unersättliche leise, fast zaghaft die Türe zur Gaststube auf und trat ein.

Der dunkle Raum mit der rauchgeschwärzten, geschnitzten Decke war zur Hälfte mit Gästen gefüllt. Einige Holzfäller in dunkelroten Pelzjacken, auf denen noch die Feuchtigkeit des Waldes glitzerte, belagerten die mächtige Theke, die sich entlang einer der Wände zog. Alte Männer und Frauen in schwarz-weißen Gewändern bevölkerten die Schatten in den Ecken und kommentierten die Kleidung der übrigen Gäste, denen zwei Dienstmägde mit vor Anstrengung rot angelaufenen Gesichtern und aufgelösten Frisuren gewaltige Humpen zutrugen. Halblaute Stimmen füllten den Raum. Der Unersättliche verharrte einen Moment lang, während er den Blick kurz über den Raum schweifen ließ und prüfend die Luft durch die Nase einsog, bevor er seinen Weg durch die Schar der Gäste bahnte und sich einen Platz suchte.

An einem niedrigen Tisch im hinteren Drittel des Raumes erläuterte ein stämmiger Mann mittleren Alters, der trotz der Hitze, die die Gaststube erfüllte, seine Fellmütze tief in die Stirn gezogen hatte, seinem Begleiter die neuesten Eskapaden seines Nachbarn.

»Kürzlich hat er doch tatsächlich meinen Kater aus seinem Garten verjagt. Dabei fängt der ihm doch die Mäuse weg.«

Der so Angesprochene, ein schmächtiger Mann mit einem dürren Gesicht, dem die lange Nase und die dunklen Knopfaugen ein mausähnliches Aussehen verliehen, wiegte bedächtig den Kopf.

»Vielleicht mag er keine Katzen.«

Der Stämmige ließ sich nicht beirren.

»Dabei ist er immer so freundlich zu ihnen, wenn er weiß, dass ich zuschaue. Dann tut er immer und macht und streichelt und ist saufreundlich.«

Der Schmächtige schwieg.

»Mich würde es nicht wundern, wenn er auch keine Hunde mag«, fuhr der Stämmige fort. »Und er beklagt sich immer über die Blätter, die mein

Silberbaum fallen lässt. Dabei sind die doch eine Zierde für jeden Garten, und ich überlasse sie ihm ja gerne. Weißt du, Merwen, ich bin ja ein Mensch, der viel Wert auf gute Nachbarschaft legt.«

»Die ist in der Tat viel Wert, Kenrod«, pflichtete Merwen bei und unterdrückte ein Gähnen, indem er einen tiefen Schluck aus seinem Humpen nahm.

»Ja, es ist schon ein Kreuz, wenn einem die Nachbarn es so schwer machen, sie zu mögen«, fuhr Kenrod fort. »Dabei bin ich so ein verträglicher Mensch.«

»Das bist du, Kenrod. Das bist du. Ein Schluck auf einen verträglichen Menschen.« Und Merwen hob erneut seinen Humpen.

Das Gespräch wandte sich anderen Dingen zu, wie ein Bachlauf, der seinen vielarmigen Weg durch die Ebene findet. Erst zwei Humpen später, nachdem solche wichtigen Themen wie der Eisregen der vorigen Woche, die Hochzeit des Freundes von Merwens Bruder sowie die ungeklärten Besitzverhältnisse auf Karlrams Hof nach dem Tode des Alten ausführlich besprochen worden waren, stießen die beiden Männer erneut auf das Thema des unfreundlichen Nachbarn.

»Eigentlich ist er kein schlechter Kerl«, befand Kenrod mit belegter Stimme und fuhr mit einem schwarz berandeten Fingernagel die fettglänzende Maserung der Tischplatte nach. »Vor zwei Monaten zum Beispiel...«

»Aber er mag keine Katzen.« Es war eine leise, fast verhaltene Stimme, die sich vom anderen Ende des Tisches in ihr Gespräch mischte und die beiden Männer verblüfft die dritte Gestalt betrachten ließ, die sich irgendwann – von ihnen ganz und gar unbeachtet – zu ihnen gesetzt hatte.

Der Mann trug seine langen Haare offen, sodass sie das Gesicht umrahmten und in schwarzen, mit grauen Fäden durchzogenen Wellen über seine Brust fielen. Seine Augen lagen im Schatten. Der flackernde Widerschein der Kerzen, der auf seinen Zügen spielte, verlieh ihm eine Aura von mühsam unterdrückter Gereiztheit.

»Er mag keine Katzen«, wiederholte Kenrod die Worte des Fremden mit gedehnter Stimme, als wüsste er noch nicht so recht, wie er auf dessen Einmischung reagieren sollte. »Das ist wahr.«

»Dabei scheint er ein ganz anständiger Mensch zu sein«, fuhr der Fremde unbeirrt fort, ohne die anderen beiden Männer anzuschauen. Sein Alter war schwer zu schätzen, aber der Jüngste war er sicherlich nicht mehr. Auf seinen Wangen zeigten sich rötliche Flecke, doch sein breites Kinn war nur mit einem Anflug von Haar bedeckt. »Ich hatte mal eine Katze, eine kleine schwarze mit weißen Pfötchen...«

»Ganz wie die meine!« ereiferte sich Kenrod.

»...und eines Tages war sie verschwunden. Ich fand sie später in der Nähe meines Hauses, den

Kopf zur Seite gekrümmt, die Brust mit blutigem Speichel bedeckt. Man hatte sie vergiftet.«

»So eine niederträchtige Gemeinheit!« fuhr Kenrod auf, und auch Merwen, der während der letzten Minuten zumeist mit leerem Blick nach irgendwas am Grunde seines Humpen gesucht hatte, schaute auf und fügte hinzu: »...so eine Meinheit«.

»Er mag die Blätter des Silberbaumes nicht«, fuhr der Fremde fort, weiterhin ohne aufzublicken. »Die Blätter des Silberbaumes, groß und rund und glänzend wie die Scheibe des Mondes, ein Geschenk eines gütigen Mannes an seinen Nachbarn – aber der verschmäht sie.«

Kenrod rutschte tiefer in seinen Stuhl hinein und wiegte bedächtig seinen Kopf. »...wie die Scheibe des Mondes so schön«, wiederholte er mit verträumter Stimme. »Aber er verschmäht sie, das Geschenk eines gütigen Mannes!«

»Aber er ist sicherlich ein ehrenwerter Mann«, flüsterte der Fremde und nahm einen tiefen Zug aus seinem Humpen. Kenrod und Merwen schienen sich beide unwillkürlich zu entspannen und nickten stumm. Eine Pause entstand.

»Ich hatte mal eine Frau«, nahm der Fremde den unterbrochenen Gesprächsfaden nach einer kurzen Weile wieder auf, während um die drei Männer herum das Stimmengewirr wie das Brausen eines unsichtbaren Meeres brandete.

»Schön war sie, und mir in allem zugetan. Ich schenkte ihr ein Kleid aus Silberbaumblättern, darin war sie strahlender als die Sonne.« Er machte eine kunstvolle Pause.

»Was ist mit ihr?« fragte Kenrod und blickte dem Fremden in die beschatteten Augen, bis er unruhig wurde und den Blick abwenden musste.

»Sie ging davon.« Der Fremde blickte zu Boden als wolle er seine Füße zählen. »Ich hatte einen Nachbarn, einen sehr ehrenwerten Menschen. Nun gut, wir sprachen nie viel miteinander, und gelegentlich beklagte er sich über dies und das, was ich da tue, das solle ich doch lassen, es störe ihn, aber er war ein ehrenwerter Mensch.«

Merwen hatte bei der Beschreibung der Frau langsam den Kopf aus seinem Humpen gehoben und schaute nun mit tränenden Augen den Fremden zum ersten Mal direkt an. »Erzähle weiter«, presste er mit rauer Stimme hervor.

»Es gibt nicht viel zu erzählen«, sagte der Fremde mit seiner traurigen Stimme, die süß und bitter zugleich klang. »Meine Frau, meine kleine Sonne in dem Kleid aus Silberbaumblättern war eines Tages verschwunden. Ich suchte sie überall. Ich suchte sie, wie ich meine Katze gesucht hatte. Ich suchte sie, bis ich sie...«

Merwen war aufgesprungen, er starrte entgeistert an die wuchtigen Balken der Decke und brüllte dumpf, dass es im ganzen Raum widerhallte: »Sei still! Still!«, doch der Fremde fuhr unbeirrt fort:

»...bis ich sie für verloren gab. Da bemerkte ich, dass mein Nachbar das Dorf verlassen hatte. Es war Winter, und ich hatte den Tag in der Gaststube verbracht.« Der Fremde seufzte und wischte sich mit einer Hand, über die die Striemen dunkler Narben zogen, über die Stirne. »Aber er war ein ehrenwerter Mann. Sicherlich, das war er.«

Merwen packte Kenrod am Ärmel und begann ihn zu schütteln, als müsse er ihn aus einem tiefen, tiefen Schlaf reißen. »Freund«, stieß er krächzend hervor. »Erinnere dich an mein Schicksal. Freund, wache auf, ehe es zu spät ist!«

»Sie war fort, und er war fort«, flüsterte der Fremde wie zu sich selbst. »Er mochte meine Katze nicht. Aber er war ein ehrenwerter Mann.« Er blickte erstaunt auf zu seinen Tischgenossen, die sich nun beide erhoben hatten und aneinander klammerten wie auf einem schwankenden Schiff. Kenrod hatte die Fäuste geballt und die Lippen aufeinander gepresst. Er schnaufte schwer. Der Fremde zog ihn sachte am Ärmel.

»Beruhigt euch, Freunde. Setzt euch. Nicht allen muss das geschehen, was mir geschehen ist. Setzt euch. Trinkt.« Langsam entspannten sich Kenrods Fäuste. Während Merwen schwankend stehen blieb und seinen Humpen festhielt, als wäre dieser der letzte Halt in einer aufgewühlten Welt, machte Kenrod Anstalten, sich wieder zu setzen. Er sagte kein Wort.

Der Fremde starrte vor sich hin auf die Tischplatte. »Schön war sie«, sagte er laut und vernehmlich, dass Kenrod wieder erstarrte. »Silbern wie die Scheibe des Mondes. Die Füße schwarz mit weißen Söckchen. Oft setzte sie sich auf meinen Schoß, wenn ich nach Hause kam. Doch mein Nachbar... aber sicherlich war er ein ehrenwerter Mann.«

Mit einem lauten Schlag ließ Kenrod seine geballte Faust auf den Tisch niedersausen, dass die Brandung des Stimmenmeeres in der Gaststube plötzlich verstummte. Wieder und wieder schlug der schwere Mann auf den Tisch ein, während sein schmächtiger Freund begann, ihn in Richtung Türe zu zerren. Der Fremde saß unbeweglich an seinem Ende des Tisches, den Kopf gesenkt. So saß er, bis die beiden Männer die Türe erreichten, sie aufrissen, dass ein Wirbel von Schneeflocken in die Gaststube blies, und hinaus in die Dunkelheit stolperten. Erst dann erhob er sich, schritt an erstaunten Gesichtern und leise flüsternden Stimmen vorbei zur langen Theke und bezahlte, bevor er sich zum Gehen wandte, ohne ein Wort den einen Humpen, der ihm den ganzen Abend hindurch gereicht hatte.

Draußen war die Nacht sternenklar und windstill. Der Unersättliche ging ein paar Schritte und blieb dann stehen, ruhig atmend und gespannt in die Dunkelheit lauschend. Vorne, schon fast außer Hörweite, vernahm er hastige, knirschende Schritte und Stimmen, aus denen die blanke Wut brannte. Er lächelte, als er diese Stimmen hörte, und der furchtbare Hunger, der sein ganzes Sein ausfüllte, lockerte seinen eisernen Griff.

*****

Merwine ging mit hastigen kleinen Schritten die enge Gasse entlang, den Kopf gegen den kalten Hauch gebeugt, der von den Dächern der umliegenden Häuser beißende Fahnen aus Schnee herabwehte. Der Wind hatte kleine Schneeverwehungen in die dunklen Hauseingänge geweht, die im schwachen Mondlicht wie die Rücken schlafender Hunde glänzten. Merwine zog ihren Mantel enger um die Schultern und wischte sich mit einer Hand verstohlen die Tränen aus dem schmalen Gesicht. Sie war froh, dass in diesem Dorf, in dem jeder jeden kannte, um diese Zeit fast niemand mehr auf den Straßen und Gassen zu finden war, der sie in diesem Zustand hätte sehen können. Eine unterdrückte Wut ließ sie die Zähne fest aufeinander pressen. So eine Gemeinheit! Wie konnte er nur! Ihre beste Freundin, wie hatte sie ihr nur vertrauen können! Merwine erinnerte sich an jenen Tag, der nun schon ein Lebensalter zurückzuliegen schien, als sie Henno ihrer Freundin Kiria vorgestellt hatte. Wie gut sich die beiden unterhalten hatten, während sie selbst scheu neben Henno saß und verstohlen nach seiner Hand gegriffen hatte, und wie dankbar war sie um den festen Druck gewesen, mit der er ihre suchende Hand schließlich festgehalten hatte! Ein fester Halt in ihrem Leben. Ihre Lippen verzogen sich zu einem bitteren Lächeln. Nun besaß Kiria jenen festen Halt, und wie sie ihre ehemals beste Freundin kannte, würde Kiria diesen Halt – im Gegensatz zu ihr selbst – auch festzuhalten wissen.

Merwine fror. Sie hatte jegliches Zeitgefühl verloren und hätte nicht mehr sagen können, wie lange sie nun schon durch die Außenbezirke des Dorfes irrte, die Augen tränenblind. Ob ihre Eltern ihr Fehlen gemerkt hatten? Dort vorne begann die Gasse, in der sie wohnten. Merwine wollte gerade um die Ecke biegen, den Blick auf den Boden geheftet, um nicht auf einer der vereisten Flächen auszurutschen, in die sich in den kalten Nächten die Pfützen und Schlaglöcher der Gassen verwandelten, als sie aus dem Augenwinkel einen helleren Lichtschein über den Hausdächern wahrnahm. Gleichzeitig vernahm sie die ersten erregten Stimmen, Zurufe, erregte Fragen. Schnelle Schritte näherten sich, einige dunkel eingemummte Gestalten bogen vor ihr aus einer Seitengasse und rannten die Straße hinunter. Merwine folgte ihnen, für den Augenblick von ihren eigenen düsteren Gedanken abgelenkt.

Zwei Gassen weiter brannte ein Haus lichterloh. Flammen loderten aus dem oberen Stockwerk, Balken brachen krachend und funkenstiebend ineinander. Der Flammenschein zuckte in wütenden

Windungen über die dunklen Wände der umliegenden Häuser, deren Bewohner sich im Freien versammelt und sicherheitshalber damit begonnen hatten, die wichtigsten Wertsachen aus ihren eigenen Häusern nach draußen zu tragen, denn bei einem Brand wusste man nie, ob er nicht auch auf die Nachbarschaft übergreifen würde. Eine größere Zahl von kräftigen Männern, die ihre Oberbekleidung wegen der großen Hitze teilweise abgelegt hatten, war damit beschäftigt, mit Eimern voll Wasser den Brand wenigstens auf das eine Haus beschränkt zu halten. Mehrere Kinder, deren Nachtgewänder nur notdürftig unter Fellmänteln verborgen waren, standen in sicherer Entfernung und schauten versunken dem Schauspiel zu. Die Kleinsten krähten vor Vergnügen.

Neben dem brennenden Haus, auf dem Nachbargrundstück, stand ein alter Silberbaum. Das Feuer war drauf und dran, auf seine tief liegenden Äste zu springen. Der Baum trug noch viele trockene Blätter, die nun im Widerschein des Feuers leuchteten und funkelten. Einige hatten sich von den dürren Zweigen gelöst, waren vom heißen Hauch des Feuers erfasst worden und trieben als leuchtende Ringe schaukelnd im Aufwind in die Höhe, während die Glut bereits Löcher in ihre silberne Oberfläche fraß.

Merwine nahm diese Bilder wie erstarrt in sich auf. Es erschien ihr alles so unwirklich – das Feuer, die Stimmen, die hastenden Menschen. Die züngelnden Flammen, die prasselnde Stimme des Brandes und die aufsteigenden Ringe der im Wind treibenden Silberbaumblätter erfüllten sie insgeheim mit einer wilden Freude, vor der sie selbst erschreckt zurückweichen wollte.

Eine alte Frau war neben sie getreten, eine Nachbarin, die ihre Eltern gut kannte.

»Das Haus von Diaran ist's«, meinte sie nüchtern und wischte mit einer verkrüppelten Hand die Tropfen weg, die von ihrer Nasenspitze hingen. »Angezündet haben sie's.«

»Wer hat das Haus angezündet?«, fragte Merwine mit großen Augen.

»Man munkelt, es sei Kenrod gewesen.«

»Aber wohnt der nicht auch hier in der Gasse?«

»Genau da.« Die alte Frau wies auf das Nachbargrundstück, auf dem die Flammen nun den alten Silberbaum mit ihren zuckenden Krallen umfasst hielten.

»Dann hat er das Haus seines Nachbarn angezündet?«

»Das sagt man. Angeblich haben sie ihn gefunden, als es brannte, stockbesoffen.« Die alte Frau kniff die Augen zusammen und reckte den Hals, um besser sehen zu können, wie mit lautem Krachen ein Teil des Dachstuhles in das Innere des brennenden Hauses fiel.

»Da drüben sollen sie ihn gefunden haben, da an der Ecke. Zusammen mit seinem Kumpan Merwen.«

»Und Diaran?«

»Den hat noch niemand gesehen. Entweder ist er gar nicht da, oder seine Seele reitet jetzt auf den Flammen.«

Ein Trupp wild gestikulierender Männer rannte vorbei, mit großen ledernen Löscheimern bewaffnet, und plötzlich stand Merwine wieder allein im flackernden Lichtschein. Sie fühlte eine tiefe Müdigkeit in sich emporsteigen, ihr eigener Kummer bohrte sich erneut in ihre Gedanken, und sie wandte sich zum Gehen.

»Ist das nicht furchtbar schön?«, sagte eine leise Stimme an ihrer Seite. Merwine blickte erstaunt auf die junge Frau, die sich ihr unbemerkt genähert hatte. Sie erkannte sie nicht, denn das Gesicht war von ihr abgewandt. Unschlüssig darüber, ob die Frau sie überhaupt angesprochen hatte, blieb sie stehen.

»Die Flammen sind so... lebendig«, fuhr die junge Frau in verträumtem Ton fort. Immer noch hielt sie den Kopf abgewandt, aber Merwine sah, dass das schwarze Haar, das in vollen Wellen auf ihre Brust fiel, bereits von grauen Strähnen durchzogen war. »Dabei bringen sie den Tod.«

Merwine nickte unwillkürlich. Manchmal, fuhr es ihr durch den Kopf, trug der Tod tatsächlich ein buntes, leuchtendes Kleid.

Nun drehte die junge unbekannte Frau Merwine den Kopf zu, ihr Haar glänzte im goldenen Schein des Feuers, doch ihre Augen blieben im Schatten.

»Ich hatte einmal einen Liebsten«, flüsterte sie, und Merwine vermeinte, den kalten Atem der unbekannten Frau ihre Wange streifen zu spüren. »Ich hätte mein Leben für ihn gegeben. Doch sie hat ihn mir entrissen. Meine beste Freundin.«

Merwine erstarrte.

»Alles hatte ich mit ihr geteilt, Freud und Leid, Kindheit und Jugend, die großen und die kleinen Sorgen des Lebens. Und dann segelte sie davon mit dem Schiff, das mich – MICH! – davontragen sollte.«

Mit heiserer Stimme, so als würge sie etwas mit klammem Griff, stieß Merwine hervor: »Und was geschah...?«

Die Fremde schien zu lächeln. Der Widerschein der Flammen spielte auf ihrem Gesicht, in dem die Schatten weiterhin die Augen bedeckten.

»Sie ist davon gesegelt. Mit meinem Liebsten. Auf den Flügeln der Flammenvögel.«

Einen Moment lang begriff Merwine nicht, was die Unbekannte meinte. Dann schaute sie hinüber zum brennenden Haus und begann zu zittern.

»Schön sind sie geflogen, die Flammenvögel«, fuhr die Fremde mit ruhiger, fast verträumter Stimme fort. »Und ich habe ihnen geholfen, meinen Liebsten und... und diese Hexe mit sich fortzutragen.«

Grauen ergriff Merwine. Sie hielt den Atem an. Wieder schien die junge Frau an ihrer Seite zu lächeln.

»Nun bin ich frei«, fügte sie mit fröhlich klingender Stimme hinzu. »Frei, frei wie der Wind, frei wie die Möwen über dem Meer. Und immer grüße ich sie, die Flammenvögel, wenn ich ihnen begegne.« Sie hob die Hand zu einem angedeuteten Gruß, der sich an die langsam ersterbenden Flammen in dem brennenden Haus zu richten schien. Dann wandte sie sich wieder Merwine zu, das Gesicht von den Flammen abgewandt und daher in der Dunkelheit kaum auszumachen, und fragte mit einem unschuldigen Klang: »Bist du auch frei?«

Merwine zuckte zusammen. Nein, nein, frei war sie nicht. Auch sie blickte hinüber zum brennenden Haus und vermeinte, das Rauschen rot glühender Schwingen zu hören. Das Feuer, das die Welt reinigt. Das Feuer, das die Sünden tilgt. Das Feuer, das sie frei machen würde. Die roten Flammen zerflossen in ihren tränenerfüllten Augen zu bunten Sternen. Mit einem unterdrückten Aufschrei wandte sie sich ab und stolperte davon.

Die junge Frau, die Merwine angesprochen hatte, blieb noch eine Weile fast regungslos stehen. Mittlerweile war das Feuer heruntergebrannt, und die Dunkelheit ergriff wieder Besitz von den Gassen. Die Nachbarn kehrten allmählich in ihre Häuser zurück, ihre kostbaren Besitztümer mit sich tragend. Die Menge der Gaffer und Helfer zerstreute sich, bis auf ein paar Mitglieder der Feuergarde, die noch die ganze Nacht hindurch den Brandherd bewachen würden. Das Letzte, das von den zuckenden Flammen verzehrt wurde, war der gewundene Stamm des alten Silberbaumes auf dem Nachbargrundstück des niedergebrannten Hauses.

Die junge Frau atmete ruhig und gleichmäßig, während sie gespannt in die Dunkelheit lauschte. Das Geräusch von Merwines Schritten und ihr unterdrücktes Schluchzen, das angefüllt war von einer unbändigen Wut, hatten sich schnell entfernt und hinterließen nur einen kurzen Nachhall in den verlassenen Gassen. Die junge Fremde lächelte. Der furchtbare Hunger, der in ihrem Inneren wütete, lockerte wieder ein wenig mehr seinen eisernen Griff.

*****

Am anderen Ende des Dorfes lag das Tanzhaus. Es war ein großer und wuchtiger Bau aus dunkel gebeizten Holzstämmen, aus dessen kleinen, von Eisblumen überzogen Fenstern der warme Glanz von Kerzenleuchtern nach außen drang. Es hatte zu schneien begonnen, und die sich allmählich auf den Straßen und in den Gassen, auf den Hausdächern und in den dunklen, stillen Hauseingängen auftürmende Decke aus Schnee dämpfte die lustigen Tanzweisen, die die Holzwände des Tanzhauses zum Schwingen brachten.

Jede Person, die das Tanzhaus betrat, vollführte das gleiche Ritual: Schnelles Schließen der Türe, sodass nur ein kalter Hauch in den großen Tanzraum fuhr; Aufstampfen mit den Füßen, um den Schnee von den dicken Stiefeln zu lösen; hastiges Entfernen der fellbesetzten oder wattierten Oberbekleidung. Auf einer langen Bank neben dem Eingang stapelten sich Mäntel und Jacken, Mützen und lange, wollene Schals. Unter der Bank hatte sich ein Haufen aus dicken Stiefeln gebildet. Man tanzte in eigens mitgebrachten, dünnen Schuhen, in Strümpfen oder barfuß. Der Fußboden in der hinteren Hälfte des Raumes war blank poliert von den wirbelnden Füßen vieler Generationen.

Im Tanzraum herrschte eine Hitze, die die Wangen der Tanzenden rot färbte und ihre Augen glühen ließ. Um diese späte Stunde war der Raum brechend voll, sodass sich Neuankömmlinge durch die Mengen der Tanzenden zwängen mussten, um erst einmal an der hinteren Wand, in einer Ruhezone außerhalb des wilden Treibens, die Lage überblicken zu können. Zu einer Seite standen die jungen Mädchen, die Hände ruhig vor dem Bauch übereinander gelegt; zur anderen Seite hin drängelten sich die jungen Männer, die Hände nachlässig in den weiten Taschen ihrer Hosen verborgen. Vor ihnen wirbelten die Tanzenden, ihre Hände schrieben weit ausholende Schleifen in die Luft, bunte Bänder flogen, Köpfe nickten gleichzeitig, Knie beugten sich im selben Augenzwinkern, Stimmen von Männern und Frauen vereinigten sich im klingenden Lachen. Nur schemenhaft waren in einer der Ecken die Gestalten der Musiker zu erkennen, fünf oder sechs dunkel gekleidete Personen, deren Hände mit atemberaubender Geschwindigkeit mehreren selbstgebastelten Instrumenten die Stimmen unwiderstehlicher Rhythmen entrissen.

Ein Tanzpaar löste sich aus der wogenden Menge und bahnte sich einen Weg an den Rand des Saales. Die junge Frau, deren Augen vor Erregung und Anstrengung blitzten, stellte sich auf die Zehenspitzen und flüsterte ihrem Begleiter etwas ins Ohr, worauf dieser lächelte und sie leicht in einer Geste des Freigebens am Arm berührte, während sie sich bereits abwendete und den Toiletten im Hinterhof zustrebte. Der junge Mann blieb stehen, wo er war, und betrachtete mit leuchtenden Augen die Reihen der Tanzenden, während die Musik in reißenden Wellen an ihm vorüberglitt und das Stampfen der Füße der Tanzenden die ganze Halle in Schwingungen versetzte. Fast ohne sich dessen gewahr zu werden, verspürte er die Blicke manch einer der jungen Frauen kurz innehalten, wenn sie ihn streiften. Er hatte sich schon seit langem daran gewohnt, dass er mit seinen schwarzen, widerspenstigen Haaren und den verträumten, fast verletzlich wirkenden Augen eine bisweilen unwiderstehliche Anziehungskraft auf die weibliche Jugend des Dorfes ausübte. Fast forderte er sie ein, diese Aufmerksamkeit, die ihm zustand, wenn er seine Blicke flüchtig über die Tänzerinnen gleiten ließ, und so selbstverständlich erschien sie ihm, dass ihm erst gar nicht bewusst wurde, wie lange eine junge Frau an der gegenüberliegenden Wand ihn schon betrachtete. Ihr Gesicht wies noch die weichen Züge der Jugend auf, obwohl der dichte Haarschopf, der ihr auf die Brust fiel, bereits von einzelnen grauen Strähnen durchzogen war, was ihrer Erscheinung etwas Zeitloses verlieh.

Sobald die junge Frau bemerkte, dass Henno sie anblickte, löste sie sich aus der Reihe der stummen Betrachter entlang der Wand und kam langsam, aber zielgerichtet auf ihn zu, den Blick nach unten gewandt. Henno fühlt eine unbestimmte Erregung in sich emporsteigen. Wo blieb Kiria? Sie war nirgendwo zu sehen, und einen fliehenden Moment lang ertappte er sich bei dem stillen Wunsch, dies möge noch eine Weile so bleiben. Dann hatte ihn die Fremde erreicht. Sie blieb vor ihm stehen und schaute ihn ernst an. Ihre Augen wurden von einigen widerspenstigen Haarsträhnen fast vollständig verdeckt, sodass es Henno nicht einmal möglich war, ihre Augenfarbe zu erraten.

»Es ist kalt, wenn man nicht tanzt.«

Henno zögerte, bevor er antwortete. »Mit wem bist du gekommen? Ich habe dich hier noch nie gesehen.«

»Kiria schickt mich. Sie hat eine Freundin getroffen und wollte nicht, dass du alleine bleibst.«

Henno verspürte ein plötzliches Gefühl, als stünde ihm die Welt offen. Natürlich konnte er nicht alle von Kirias Freundinnen kennen. Dazu war ihre Beziehung noch zu jung. Er reichte der Fremden die Hand. Als sie in die ersten Tanzschritte hineinwirbelten, fragte er nach ihrem Namen, den Mund dicht an ihrem Ohr, aber ihre Antwort ging im Lärm der Musik und dem Eifer der Bewegung verloren.

Kiria erschien nicht, und so blieb es nicht bei dem einen Tanz mit der Fremden. Sie wechselten nur wenig Worte, und Henno gelang es nie, ihr bei den vielen Drehungen und Wendungen einmal voll ins Gesicht zu schauen, aber das steigerte seine erwachende Gier nur noch mehr. Die Fremde tanzte hingebungsvoll und drückte ihren Körper eng an den seinen. Der Anblick der silbernen Strähnen inmitten der Fülle ihrer schwarzen Haare verdrängten in Hennos Erinnerung Kirias helles Lachen und Merwines ernstes Gesicht.

Zwei, drei Tänze tanzten sie so, und Hennos Welt schrumpfte zusammen, bis es ihm schien, als befände er sich auf einer einsamen Insel, nur in Begleitung der geheimnisvollen Fremden mit dem unhörbaren Namen. Die Wellen der Musik trugen sie beide mit sich davon. Die Zeit dehnte sich und kam zum Stillstand. Umso überraschter und erschrockener fuhr Henno zurück, als sich seine Begleiterin plötzlich von ihm löste, mit einer knappen Bewegung ihre Hand eine Sekunde lang auf seiner Wange ruhen ließ, sich umdrehte und sofort in der Menge verschwunden war.

Mit einem Mal nahm Henno wieder das Lärmen und Toben der tanzenden Menschenmenge wahr, das ohrenbetäubende Plärren der Instrumente, das Trampeln unzähliger Füße auf den abgenutzten Dielen, doch all dies bot ihm keinen Trost. Wo war sie geblieben? Hilflos ließ er seinen Blick über die Menge gleiten und wich dabei den verstohlenen Blicken manch anderer Tänzerin aus. Die Reihen der Tanzenden hatten sich ein wenig gelichtet, aber es schien immer noch kaum möglich, im großen Saal eine einzelne Person mit einem Blick ausfindig zu machen.

Die Zeit begann für Henno wieder zu fließen. Verwirrt schüttelte er den Kopf. Wie lange hatte er mit der Fremden getanzt? Und wo war Kiria? Er begann, mit langsamen Schritten das andere Ende des Raumes anzusteuern, das hinter den tanzenden Körpern verborgen war, und musterte aufmerksam jedes Gesicht, das ihm begegnete. Laute Wortfetzen flogen plötzlich durch den Saal, die selbst durch die pausenlos spielende Musik hindurch vernehmbar waren, und lenkten Hennos Aufmerksamkeit auf eine Unruhe, die hinten an der Wand herrschte. Menschen drängten sich an an ihm vorbei und warfen besorgte Blicke hinter sich.

In einer Ecke des Saales schien eine Auseinandersetzung begonnen zu haben. Ein junger Mann, dessen Gesicht vor Eifer und Wut gerötet war, hielt einen anderen am Kragen gepackt und hatte ihn gegen die Wand gedrückt. Henno kannte keinen von beiden. Freunde der beiden eilten herbei und versuchten, die Streithähne voneinander zu trennen. Henno war mittlerweile nahe genug herangekommen, um die Worte der Auseinandersetzung zu verstehen.

»Lass´ sie in Ruhe, das sag´ ich dir«, zischte der mit dem roten Gesicht. Sein Kontrahent, dessen Gesicht unnatürlich bleich und vor Angst verzerrt war, drehte und wand sich und jammerte mit weinerlicher Stimme: »Nichts habe ich getan, ich war´s nicht...«

»Lass´ ihn, Warin«, mischte sich einer der Umstehenden ein, ein mittelalter Mann mit einer ruhigen, besonnenen Stimme und einer Narbe auf einer Wange. »Er hat die ganze Zeit mit mir geredet. Du suchst jemand anderen. Was können wir dafür, wenn du auf dein Mädchen nicht aufpasst?«

Der Wortwechsel ging weiter, nun schon in etwas gemäßigteren Tönen, und Henno wollte sich bereits abwenden, als er plötzlich verspürte, wie sich seine Nackenhaare aufrichteten. Ihm war, als stünde jemand direkt hinter seinem Rücken, sodass er die Wärme eines unbekannten Körpers fühlen konnte, die ihn wie in einem eisigen Hauch erschauern ließ. Mit einem Ruck drehte er sich um.

Was hatte er geglaubt zu sehen? Die Tanzenden wirbelten vor seinen Augen, die Musik dröhnte in trommelnden Rhythmen. Niemand stand hinter ihm. Doch. Dort. Vor ihm, die Gesichter einander zugewandt, tanzten Kiria und ein fremder junger Mann.

Als sei die Zeit eingefroren, konnte Henno mit einem Augenschlag alle Einzelheiten des Fremden in sich aufnehmen – das bleiche Gesicht mit den dunklen, von den Haaren beschatteten Augenhöhlen; die weißen Strähnen, die dem Fremden inmitten der ansonsten schwarzen, langen Haare auf die Schulter fielen; die Hand, die entspannt und wie selbstverständlich auf Kirias Schulter lag, als habe der Fremde es gar nicht nötig, das Mädchen näher heranzuziehen; und im Gegensatz dazu das hungrige Lächeln, das seine Lippen umspielte und das Kiria mit einem verträumten Ausdruck in ihren Augen erwiderte. Schon als Henno den ersten Schritt in Richtung der beiden Tanzenden machte und sich seine Hände zu Fäusten ballten, gewahrte er aus den Augenwinkeln eine dritte Person, die sich in sein Gesichtsfeld schob und einen Schritt auf Kiria zu machte, und noch einen, hinter ihrem Rücken, sodass Kiria sie nicht sehen konnte, eine Person mit stillem Gesicht, die Augen halb geschlossen, jene Augen, die Henno so gut kannte, die Lippen fest aufeinander gepresst, etwas hielt sie in der Hand verborgen, nun hob sie es, etwas Langes und Schlankes, das unerbittlich in einer blitzschnellen Wendung auf Kiria niederzustoßen begann wie ein fahler Blitz. Jemand schrie auf – war er es selbst? – dann hatte Henno Merwine erreicht, und der Messerstich, der Kiria in den Rücken hätte treffen sollen, fuhr mit stechendem Schmerz in seinen ausgestreckten Arm. Wieder schrie jemand, nun mit vielen Stimmen durcheinander, die Musik verstummte, bis auf die Stimme einer Flöte, die selbstvergessen einige Sekunden weiter spielte, bevor die Tanzenden auch in den hinteren Ecken auf die Schreie aufmerksam wurden und verwirrt stehen blieben.

Menschen wichen erschrocken von Henno weg, Menschen drängten sich erschrocken an ihn heran wie unschlüssige Wellen. Das Messer steckte noch in seinem Arm, doch der Schmerz war nach dem ersten Aufbäumen verschwunden, sodass Henno ungläubig auf die roten Tropfen schaute, die an seinem Arm herab rannen. Merwine stand wie erstarrt, die Hand, mit der sie zugestoßen hatte, noch halb erhoben, ein verwirrter Ausdruck lag in ihren Augen. Sie hob den Kopf und starrte Kiria an, die sich bei den ersten Schreien umgewandt hatte, an den Arm ihres Begleiters geklammert, und nun ihrerseits Merwine und Henno betrachtete, als erwachte sie aus einem tiefen Traum. Und ihr Begleiter...

Ungläubig nahm Henno erneut die Züge des jungen Mannes wahr, dessen Arm Kiria umklammert hielt. Diesmal erkannte er das Gesicht: Die beschatteten Augen; die weißen Strähnen in ihrem vollen Haar. Doch Merwine kam ihm zuvor. Verwirrt schüttelte sie den Kopf, als ihr Blick Kirias Begleiter streifte. »Du?«, rief sie, und ihre Stimme verriet weniger Schrecken als grenzenlose Überraschung. »Du?«

Ein weiterer Schrei löste sich aus der Menge, die noch zwischen summender Erregung und erschrockenem Schweigen schwankte Warin, der junge Mann mit dem roten Gesicht, drängte sich einen Schritt nach vorn und zeigte anklagend auf Kirias Begleiter. »Das ist er!«

Mit einer zarten Bewegung löste Kirias Begleiter ihre Hand von seinem Arm und wandte sich ab, ohne Hast, wie um einen Tanz zu unterbrechen und eine Pause einzulegen. Seine Schultern zuckten. Er führte beide Hände vor sein Gesicht, als wolle er ein unterdrücktes Lachen verbergen, doch die Bewegung war nicht schnell genug, um zu verhindern, dass die Züge seines Gesichtes auseinander liefen wie die Spiegelungen auf der Oberfläche eines Tümpels, über den eine sanfte Brise streicht. Die Bewegung erfasste seine – ihre? – Kleidung, die langen, eng geschnittenen Hosen – oder war es das bunt gemusterte Kleid? – sie ließ eine verwelkte Blume aus dem schwarzen Haar zu Boden fallen, schob die Wangen zusammen zu den ernsten Zügen eines jungen Mädchens, zerrte das Kinn auseinander zu dem Kiefer eines nicht mehr ganz jungen Mannes. Mit einer wilden Kopfbewegung schüttelte die Gestalt das Haar nach hinten, warf einen Blick in die Runde der Umstehenden, wodurch ihre weißen, vollkommen weißen Augen zum ersten und letzten Mal zu erkennen waren, stürzte aufschluchzend nach vorne, in Richtung auf den Ausgang zu, und war sofort in der Menge der auf der Tanzfläche erstarrten Tänzerinnen und Tänzer verschwunden.

Mit wilden Flüchen stürzten mehrere junge Männer hinterher, wobei sie in der drangvollen Enge des Saales einander behinderten, sodass mehrere von ihnen zu Fall kamen. Ehe sie die Türe erreichten, war die Gestalt, die sie verfolgten, bereits aus dem Tanzhaus gestürzt und in der Dunkelheit verschwunden. In aller Eile wurden Fackeln gebracht; Nachbarn holte man aus den Betten; Gruppen von Männern bewaffneten sich und schwärmten in die Nacht aus.

Henno war auf dem Boden des Tanzsaales zusammengesunken, während man sich um ihn kümmerte. Der Arm schmerzte mit einem dumpfen Pochen, aber das ließ sich ertragen, ebenso wie die unerklärliche Schwäche, die ihn niedergezwungen hatte. In seiner Seele brannte jedoch mit unverminderter Glut der Schrecken dieser Nacht, der erst dann nachzulassen begann, als er mit müden Augen sah, wie sowohl Merwine als auch

Kiria sich an seiner Seite niederließen. Sie hielten einander fest an der Hand, wie zwei Schiffbrüchige, die einander aus einem tosenden Meer ziehen müssen.

*****

Die eiskalte Luft biss in den Lungen des Unersättlichen, als er den steilen Pfad hinauf wankte, der zu dem Pass über die Bergkette führte. Sein Atem ging keuchend, und gelegentlich musste er sich ausruhen, über eine Schneewehe gebeugt, um dem heulenden Wind möglichst wenig Angriffsfläche zu bieten. Aus dem dunklen See der Nacht, der hinter ihm lag, drang bisweilen das abgehackte Gebell von Hunden. Durch das einsetzende Schneegestöber vermeinte er, die glühenden Augen von Fackeln erkennen zu können. Doch das Schlimmste waren nicht die Zähne des Frostes, war nicht der Wind, war nicht die Angst. Das Schlimmste war der Hunger. Fast wäre er satt geworden, dort unten in dem Dorf, das nun wieder weit hinter und unter ihm lag, satt an dem Geruch und Geschmack von Leben. Der Hass, der nun ihm selbst entgegenschlug, hatte alles wieder zunichte gemacht und den entsetzlichen Hunger in seinem Innern erneut zu wütendem Leben erweckt.

Warum? schrie der Unersättliche den stummen Schneeflocken entgegen, die auf seinen Wimpern gefroren. Warum das Warten? Warum die Einsamkeit? Warum der Hunger? Sollte das immer, immer weitergehen, ohne Ende, die unendlichen Jahrhunderte hindurch? Wie oft nun hatte er diese gleiche Situation bereits durchlebt, wie oft war er diesen gleichen Pfad hinauf geflohen, manchmal in anderen langen Winternächten, manchmal im warmen Licht der Sommersonne, stets verfolgt von kläffenden Hunden und den brennenden Wellen des Hasses, während der Hunger, der gnadenlose Hunger, mit tausend Dolchen auf ihn einstach. Genug. Es war genug.

Nachdem er sich das nächste Mal ausgeruht hatte, wandte sich der Unersättliche auf seinem Weg um. Mit dem Wind im Rücken, die wehenden Schleier des Schnees wie flatternde Fahnen vor sich, machte er sich wieder auf den Abstieg ins Tal, dem fernen Hundegebell und den glimmenden Fackeln entgegen.

*****

Merwine und Kiria hatten Henno gemeinsam zu seinem Haus begleitet. Sein Arm war in einer Schlinge eingebunden, und er konnte nur kleine Schritte machen, sodass beide Frauen ihn stützen mussten. Nun gingen sie gemeinsam durch die engen Gassen am Rande des Dorfes zurück. Der Hauch ihres Atems hing wie eine feine Wolke um ihre Köpfe, während sie das alte Band der Freundschaft, das so jäh zerrissen worden war, neu zu knüpfen begannen.

Auf den Feldern jenseits des Dorfes irrten die Fackellichter hin und her. Kleine Grüppchen von Männern waren noch unermüdlich unterwegs, um den fremden Menschen, der unter so merkwürdigen Umständen in ihrer Mitte aufgetaucht war, ausfindig zu machen. Wut und Angst hingen in der Luft, und Flüche begleiteten die Suche. Hunde kläfften und sprangen erregt hin und her durch die wachsende Schneedecke.

Merwine und Kiria bogen um eine Ecke und standen vor dem Haus, das früher in der Nacht – wie lange das nun schon her war! – abgebrannt war. Der verkohlte Stumpf des alten Silberbaumes auf dem Nachbargrundstück glomm noch mit schwachem Leuchten. Einige teilweise verbrannte Silberbaumblätter lagen verstreut am Boden, zum größten Teil schon vom Neuschnee verhüllt. In der Schneewehe, die sich am Fuß des Baumstumpfes gebildet hatte, den Rücken erschöpft gegen das rußige Holz gelehnt, hockte eine zusammengekauerte Gestalt. Fast gleichzeitig erblickten sie Merwine und Kiria, und beide schraken unwillkürlich zurück, als die Gestalt ihnen das Gesicht entgegen hob und sich der Glanz des weißen Schnees in den unnatürlich weißen Augen und den weißen Strähnen im dunklen Haar widerspiegelte. In der Stille waren nur das Flüstern des Windes und das trockene Rascheln der Schneeflocken zu hören, die gegen die Wände der umstehenden Häuser rieselten.

»Wer bist du?«, flüsterte Kiria, und die Gestalt am Boden flüsterte zurück: »Ich habe keinen Namen.«

Die Stimme war die einer jungen Frau, doch in ihr schwang die Traurigkeit eines verlorenen langen Lebens mit.

»Ich habe keinen Namen«, wiederholte der alte Mann am Boden, und schließlich flüsterte die Stimme eines Kindes: »Ich habe keinen Namen.«

Es sagte das ohne eine Spur des Bedauerns, aber mit einem so hoffnungslosen Klang, als habe es nie etwas anderes gekannt, als ohne Namen zu versuchen, einen ebenfalls namenlosen Hunger zu stillen.

Einen Augenblick lang verharrten die beiden Frauen unschlüssig in der Dunkelheit. Vor beider Augen erstreckte sich mit einem Schlag, sichtbar fast in der frostklirrenden Kälte der wintererfüllten Nacht, die Kette der Tage und Nächte des Hungers, des Verfolgtseins, der Gier, die die zusammengekrümmte Gestalt ohne Namen am Boden in ihren eisernen Fesseln gefangen hielt. Das Gefühl hoffnungsloser Einsamkeit erinnerte Merwine an ihre eigene überwundene Verzweiflung. Sie begann zu frösteln; dann streckten sie und Kiria beide die Hand nach der Gestalt aus, gleichzeitig, sodass Kiria unwillkürlich auflachte.

»Komm«, sagte Merwine einfach, und die Angst und die Wut zogen mit dem kalten Wind davon, als habe es sie nie gegeben.

»Gib mir deine Hand. Vielleicht können wir einen Namen für dich finden.«

Da war der Unersättliche satt.

Die silberne Kugel

Der junge Juwelier hatte noch nicht lange den Schmuckladen in einer Nebenstraße vor der großen Brücke betrieben, als eines schönen Wintermorgens ein elegant gekleideter Fremder das Geschäft betrat. Ohne Umschweife zog er die Handschuhe aus feinem weißen Leder von seinen Fingern, trat an die Ladentheke heran, griff in die goldumwirkte Tasche an seiner Weste und holte ein kleines Objekt hervor, das er auf die Ladentheke legte und mit einem Finger am Davonrollen hinderte. Es war eine kleine silberne Kugel, vom Durchmesser ungefähr einer Daumenbreite, vollkommen rund und mit einheitlich schimmernder Oberfläche, in der sich als matter Schemen das Auge des Betrachters, die Wände des Ladens und die dahinter liegende Welt spiegelten. Der Fremde bat den Juwelier, ihm daraus ein Schmuckstück nach seinen Anweisungen herzustellen. Der junge Juwelier wog die Kugel prüfend in seiner Hand, und die nächste halbe Stunde verbrachten er und der Fremde damit, mit Worten und Zeichnungen das Aussehen dieses Schmuckstückes genau fest zu legen.

Der junge Juwelier stürzte sich mit Eifer in die Aufgabe, denn der Fremde musste ein reicher Mann mit großem Einfluss in der Gesellschaft sein, der ihm durch eine geeignete Empfehlung manche

Türe würde öffnen können. Binnen einer Woche war das Schmuckstück fertig. Die silberne Kugel war eingefasst in ein kostbares, elegantes Diadem, in der sie von Diamanten und Rubinen umgeben war, die ihre Erscheinung hätten bedeutungslos werden können; doch sei es durch die Art der Anordnung, sei es durch den besonderen, matten Glanz der Kugel selbst: Sie war es, worauf unwillkürlich das Auge eines Betrachters als Erstes fiel, eher als auf ihre funkelnden Nachbarn.

»Ein schönes Stück«, meinte der Fremde und betrachtete das Diadem versunken von allen Seiten.

Die tiefstehende Sonne, deren Strahlen durch das mit Eisblumen verkrustete Fenster den Weg in das Innere des Ladens fanden, ließ die mattsilberne Kugel rötlich aufleuchten. Als der Fremde den jungen Juwelier fürstlich entlohnt und das Geschäft wieder verlassen hatte, blickte dieser ihm noch lange nach, bis sich seine hohe Gestalt in der Menge auf der Straße unter dem violettblauen Himmel verlor.

Das Diadem, das der Fremde bestellt hatte, war selbstverständlich als Geschenk an eine bestimmte Person gedacht. Noch am gleichen Tag überreichte er es einer von ihm sehr verehrten Dame, die ihre Freude darüber sogleich in besonderen Gunstbezeugungen bewies. Sie trug das Diadem von nun an bei besonderen und festlichen Anlässen, und so nahm die silberne Kugel, die wie ein Auge inmitten der Edelsteine saß, kostbar herausgeputzte Säle und edle Kleider, tanzende Paare mit wehenden Schleppen und mit kostbaren Speisen überbordende Tische in sich auf.

Es war bei einem der großen gesellschaftlichen Ereignisse des Jahres wenige Wochen später, als ein unbekannter Galan die Dame des Diadems mit wohlgesetzten Worten und erlesener Tanzkunst derart in seinen Bann schlug, dass sie sich nichts dabei dachte, als er sie bat, einen näheren Blick auf ihr wunderbares Diadem werfen zu dürfen. Sie reichte es ihm, worauf sie von der Seite angesprochen wurde, und als sie sich – nur wenige Sekunden abgelenkt – wieder ihrem Galan zuwandte, war dieser nicht mehr zu sehen. Eine zunehmend verzweifelter werdende Suche im Festsaale fruchtete nichts.

Kurze Zeit später war das Diadem schon in seine Einzelteile zerlegt worden und die silberne Kugel verlor den sie umgebenden Kranz aus Edelsteinen. Sie wechselte den Besitzer und wanderte aus den rosenwasserbenetzten Händen des letztendlich gar nicht so galanten Galans zu den raueren, aber geschickten Fingern eines wenig bekannten Silberschmieds, der sein karges Einkommen mit Sonderaufträgen besonderer Art aufbesserte. Schon am nächsten Tag wiederum verbarg sich die Kugel in der weichen Ledertasche eines jungen Mannes, der eine Woche später im Hafen ein Schiff in die neue Welt betrat. An den ruhigen Tagen der

Überfahrt pflegte er manchmal, wenn er sich unbeobachtet glaubte, verstohlen die Kugel hervorzuholen, sodass grünblaues Meer und goldblauer Himmel, geblähte weiße Segel und flirrende Sonnenreflexe sich darin fingen.

Der junge Mann erreichte sein Ziel ohne besondere Vorkommnisse, doch das Schicksal holte ihn gleich am ersten Abend ein. Er war an Bord nicht unbeobachtet geblieben, und so geschah es, dass er des Abends überfallen, niedergeschlagen und um eine weiche Ledertasche samt Inhalt erleichtert wurde. Zwei Tage später befand sich die Kugel, nachdem sie nacheinander durch die schwieligen Hände zweier zwielichtiger Händler gewandert war, in einer prachtvollen Schmuckkassette in einem ebenso prachtvollen Anwesen, dessen Herr über weite Ländereien fruchtbaren Landes und eine größere Anzahl glücklicher Sklaven gebot. Die Herrin pflegte sich des Morgens an das offene Fenster zu setzen, durch das der Duft von Jasmin und wildem Pfeffer zog, nacheinander ihren Schmuck anzulegen, sich ausgiebig im Spiegel zu betrachten und dann seufzend die edlen Stücke nacheinander wieder in der Schatulle zu verstauen – denn der Gelegenheiten, diese auch in der Öffentlichkeit zu tragen, waren nicht viele. So nahm die silberne Kugel den Anblick mächtiger grüner Bäume auf, in denen bunte Papageien herumturnten; den Anblick der hitzeflimmernden Felder, auf denen sich die schwarzen Rücken der Sklaven wie

Uhrwerke auf- und niederbeugten; die Wolkenformationen, die zur Mittagszeit wie riesige graue Burgen am Himmel emporwuchsen, um jeden Tag pünktlich zur gleichen Stunde in einem sintflutartigen, aber zeitlich exakt begrenzten Regen zu zerplatzen.

So verging geraume Zeit; der braune Fluss, in dessen Nähe das Anwesen lag, strömte dem nahen Meer entgegen, und alles ging in die silberne Kugel ein, die die Herrin stets zuoberst in ihre Schatulle legte, dass sie als erste das Licht des jungen Tages erblicken möge.

Es kam eine Zeit, als die glücklichen Sklaven merkten, dass sie doch nicht so glücklich waren, und eines schönen Morgens legte die Herrin keinen Schmuck mehr an, denn sie war geflohen, als man in der Nacht ihr schönes Haus an allen Enden anzündete. Es brannte restlos nieder. Einen Tag später fand inmitten der noch rauchenden Trümmer ein kleiner Junge eine rußverschmierte kleine Kugel, auf die das Feuer Bänder aus Flammen und schwarzem Rauch abgebildet hatte. Als er sie seinem Vater zeigte, nahm ihm dieser sie sogleich ab, musste sie aber seinerseits kurze Zeit nach freundlichem Zuspruch, dem ein blankes Messer ein wenig Nachdruck verhalf, einem Hauptmann der von den Aufständischen selbst organisierten Wehr überlassen, der eigentlich sein Nachbar war, Sklave wie er selbst, doch ein wenig schneller begriffen hatte, wie er die neuen Umstände für sein eigenes soziales Weiterkommen würde nutzen können.

Der frisch gebackene Hauptmann in seiner aus Lumpen zusammengesetzten Uniform war ein militärisches Genie, und so gelang es ihm unter den verblüfften Augen der selbst erklärten zivilisierten Welt, die Revolte nicht nur zum Siege zu tragen, sondern sich sogar zum Herrscher aufzuschwingen. Die silberne Kugel trug er stets nahe bei seinem Herzen, da er abergläubisch war und dachte, sie würde ihn vor einem Anschlag schützen. Das tat sie auch zuverlässig, doch einen Umsturz konnte sie nicht verhindern. Ihr neuer Besitzer – ein guter Intrigant, aber militärisch weniger genial als sein Vorgänger – musste sie nach einer Niederlage an seinen Bezwinger abtreten. Nun trat die Kugel – angefüllt mit zerfetzten Bildern eines Schlachtfeldes und den Schreien der Verwundeten und Sterbenden – in schneller Folge eine weitere Reise an, denn ihr Besitzer verlor sie beim Glücksspiel in einem düsteren Hinterzimmer an einen edlen Herrn, der sich auf die Reise in die alte Welt einschiffte, wo er sie einer aus der Ferne verehrten Dame vermachte, die sie wiederum ihrem Liebhaber schenkte, dessen Frau sie entdeckte und gekränkt an sich nahm, um sich in ihrem Unglück wenigstens an materiellen Schätzen schadlos zu halten. Die Zeiten hatten sich mittlerweile geändert, man konnte sich als edle Person nicht mehr darauf verlassen, dass das süße Leben ewig weiterginge, und so kam es, dass im Zuge einer allgemeinen Krise eines Abends auch die betreffende Dame einen alten Juwelier in einer Nebenstraße bei der großen Brücke aufsuchte, um einen entbehrlichen Teil ihres Schmucks zu Geld zu machen.

Der alte, fast blinde Juwelier wog die Kugel vorsichtig prüfend in seiner Hand. Einen Moment lang zogen in schneller Folge Bilder vor seinem inneren Auge dahin. Weiße Segel blähten sich in glitzernden Ballsälen, gierig zuckende Flammen fraßen in einem braunen Fluss treibende schreiende Gesichter auf, beäugt von großen bunten Vögeln, inmitten eines Rings aus Diamanten und Rubinen glänzte ein mattes silbernes Auge – ihm war, als zöge das Gewicht der kleinen Kugel seine Hand bis auf den Erdboden hinab, und noch weiter.

Behutsam legte er die silberne Kugel auf die Ladentheke und hielt die Hand schützend darüber.

»Was ist sie Euch wert, Madame?«, fragte er die ungeduldig auf sein Urteil wartende Dame.

Königin Dorotheas wunderbarer Eissalon

Es war einmal ein kleines Königinreich in einem weiten grünen Tal zwischen zwei hohen Gebirgszügen, über deren gezackte Kämme in nie abbrechender Folge weiße, wattebauschige Wölkchen zogen. In der Mitte des Tales floss ein blau schäumender, munterer Fluss, zu dessen Seiten sich grüne und braune Wiesen erstreckten. Dies waren die Weidegründe für Krummhornschafe und Bergziegen, vierhöckrige Kamele und Langhaarochsen, die in großen Herden durch das breite Tal zogen, stets begleitet von Hirten und Hirtinnen auf kleinen, stämmigen Gebirgsponys. Wälder aus niedrig gewachsenen Bäumen mit kräftigen Stämmen zogen sich zu Füßen der beiden Gebirgszüge entlang. Im Sommer, wenn die Sonne das Tal mit flirrender Hitze erfüllte, verströmten diese Bäume einen Duft nach Zitrone und Zimt, der in der lauen Luft bis an die Ufer des blauen Flusses Sindamokk getragen wurde. Im Winter gefroren die gleichen Bäume zu einer Mauer aus leise klirrenden Eisfiguren, die die eisigen Fallwinde und die Lawinen, die von den Berghängen herab stäubten, daran hinderten, in die weite Ebene des Flusses vorzudringen. Der Fluss selbst war im Winter alles andere als blau, denn der Frost bedeckte seine Oberfläche mit milchgrauem Eis und kleidete seine Ufer in Bärte aus durchsichtigen Eiszapfen, die die Kinder der Hirten unter lautem Johlen abbrachen und für Schwertkämpfe benutzten.

In diesem Tal wohnten arme, aber glückliche Menschen. Arm waren sie, weil ihre Häuser aus Holz, Lehm und Stroh gebaut waren und sie sich nichts Aufwendigeres leisten konnten, obwohl sie den ganzen Tag hindurch harte Arbeit leisteten. Glücklich waren sie, weil Königin Dorothea über sie herrschte. Vielleicht lag der Umstand, dass auch Königin Dorothea glücklich war, daran, dass sie zwar in einem weitläufigen Palast wohnte, der aber seinerseits ebenfalls aus Holz, Lehm und Stroh gebaut und daher gar nicht so anders war als die Häuser auch der ärmsten Bewohner ihres Königinreiches. Immerhin waren den Strohtapeten im Thronsaal Goldfäden beigemischt, was eigentlich nichts Besonderes war, denn Gold war in Königin Dorotheas Königinreich nicht gerade Mangelware. Es glitzerte in Form kleiner Klümpchen in den Bächen, es leuchtete in mancher Felsspalte auf, sodass ein zufällig dort vorbeikommender Hirte oder eine Hirtin das Gold mit der bloßen Hand aus dem Fels kratzen und nach Hause mitnehmen konnten, um die glänzenden Bröckchen daheim den Kindern zum Spielen zu geben. Gold hatte in Königin Dorotheas Königinreich keinen besonders hohen Wert. Da man aber wusste, dass sich dies in den benachbarten Reichen ganz anders verhielt, hatte man denn doch zum Gold gegriffen, als es darum ging, den Thronsaal des Palastes ein wenig repräsentativ herauszuputzen.

Die Bewohner des Tales nannten sich die Taramokken, das bedeutete in ihrer Sprache »Ochsentreiber«. Königin Dorothea herrschte also in ihrem kleinen Königinreich Taramokkien glücklich und zufrieden über zumeist ebenfalls glückliche und zufriedene Untertanen, deren größtes Unglück darin bestand, dass gelegentlich ein Langhaarochse aus seiner Herde ausbrach und entweder in den Fluss fiel oder sich in den steilen Berghängen verstieg. Dann mussten sich die Hirten und Hirtinnen aufmachen und das schwere Tier entweder gemeinsam aus den Fluten ziehen oder auf sicheren Pfaden wieder hinab in die Ebene führen. Besonders das erstere war lästig, denn das Haar eines Langhaarochsen saugt sich im Wasser voll und ist hinterher verfilzt und schwer zu kämmen. Für solche Fälle hielten die findigen Bewohner von Königin Dorotheas Königinreich besonders schwere und große Kämme aus dem Holz des Warbenbaumes bereit, die sie in den langen Wintermonaten mit kunstvollen Schnitzereien und Zeichnungen versahen.

Über das breite Tal verstreut lagen die Siedlungen der Bewohner. Sie waren zumeist klein und nicht sehr sauber, da Tiere und Menschen eng zusammenlebten. Eine einzige größere Stadt gab es, in deren Mitte der schon erwähnte Palast von Königin Dorothea lag. Wiederum in der Mitte des Palastes erhob sich ein mehrstöckiger Turm mit vielen kleinen Erkern und Vorsprüngen, mit Zinnen und Türmchen aus bunt bemaltem Holz und bedeckt von Schnitzereien, die Eidechsen und Blumenranken, Vögel und Bienen darstellten. Über den Zinnen knatterten farbenprächtige Banner mit Blumenmotiven fröhlich im Wind. Auf der höchsten Plattform des Turmes stand Königin Dorothea gerne des Abends, wenn die von den Berghängen herabsteigenden eisgrauen Schatten sich über das friedliche Tal legten, und schaute zufrieden in die Runde ihres kleinen Königinreiches. Von hier aus hatte sie die beste Aussicht. An Abenden mit sehr klarer Sicht konnte man tatsächlich von der Spitze des Turmes aus in der Ferne, flussabwärts, gerade noch den Goldglanz der untergehenden Sonne auf dem Amethystsee flimmern sehen.

Manchmal, wenn die Königin auf der Höhe des Turmes stand, wurden Menschen auf den Straßen außerhalb der Palastmauer auf ihre Gestalt aufmerksam. Dann hoben sie die Hand und winkten ihr zu, und Königin Dorothea winkte zurück. Einmal die Woche lud sie die Bewohner der Stadt zur Teestunde in den Palast ein. Sie setzte sich zu ihnen und unterhielt sich mit ihnen über die großen und kleinen Sorgen des Alltags, über die Wechselkurse und das launische Wetter, über die neuesten Trends in der Gestaltung von Blumengebinden und die beste Technik, wie man den Langhaarochsen die Zehen zu schneiden habe, über die Krankheiten der Menschen und Tiere, das gewagteste Schnittmuster für Kleider aus Krummhornschafwolle, die besten Unterrichtsmethoden, die Vor- und Nachteile des taramokkischen dreigriffigen Säbels bei der Jagd nach erdbewohnenden Schlangenbären und die Auswahl an Musikstücken für die nächste gemeinsame Feier. Immer gab es eine Feier, die zu besprechen war, denn die Taramokken feierten gerne, oft und lange. Königin Dorothea konnte auf allen Gebieten gute Ratschläge geben, da sie mit allen Arbeiten und Tätigkeiten ihrer Untertanen vertraut war. In ihrer Jugend hatte sie, wie es in Taramokkien Sitte war, selbst Tiere gehütet, war verirrten Langhaarochsen ins Gebirge nachgestiegen und hatte ihr dichtes, weiches, warmes Fell mit den großen Warbenholzkämmen gekämmt. Sie galt als vorzügliche Reiterin der vierhöckrigen Kamele, die zu reiten nun wirklich nicht einfach ist, da man zwischen den Höckern ganz schön hin- und her geschüttelt wird und Mühe hat, aufrecht sitzen zu bleiben.

Ein Thema tauchte bei Königin Dorotheas Teestunden unweigerlich bei jedem Mal auf, und das waren die neuesten Rezepte für die Herstellung von Speiseeis. Die Taramokken in ihrem abgeschiedenen Gebirgstal lebten von ihren Herden, die ihnen Fleisch und Milch lieferten, und von ein wenig Getreideanbau im kurzen Sommer, und trotz der beschränkten Auswahl an Nahrungsmitteln stellten sie eine große Zahl schmackhafter Gerichte her. Ihre ganze Leidenschaft beim Essen aber gehörte dem Eis. Vielleicht lag es an der geschützten Lage des Tales und an dem günstigen Klima – jedenfalls wuchsen in Taramokkien Obstsorten in einer Vielfalt wie nirgendwo sonst in den Nachbarländern. Die Dörfer und kleinen Städte waren umgeben von ausgedehnten Obstgärten. Da standen stattliche Apfel- neben prächtig gewachsenen Birnbäumen; Kirschbäume ließen zur Blütezeit weiße Blütenblätter zu Boden schneien, Mandel-, Pfirsich- und Orangenbäume strahlten im Frühjahr wie seltene bunte Vögel inmitten von Hainen von Nussbäumen der unterschiedlichsten Arten. An geschützten Stellen im Tal wuchsen weniger bekannte Sorten wie Tumbelbeere und Papaya, Cherimoya und Salimstrauch, Karamak und Mango, Aramnuss und Bitterpflaume – man könnte eine Seite nach der anderen mit den Namen all der Früchte, Beeren und Nusssorten füllen, die die Taramokken anbauten. In einigen wenigen Gehegen, die mit besonders starken Zäunen umgeben waren, wuchsen hüfthohe, verkrüppelte Sträucher, an denen unansehnliche Beeren hingen, die im reifen Zustand nach fauligem Gemüse und vergammeltem Fisch stanken. Das war die begehrteste Frucht der Taramokken, die Umanbeere, deren Geruch die Langhaarochsen und vierhöckrigen Kamele dermaßen in Verzückung versetzte, dass sie nur durch die erwähnten starken Zäune daran gehindert werden konnten, die Umanbeerensträucher mit Stumpf und Stiel, Blatt und Stamm und vor allem mit sämtlichen Beeren daran aufzufressen. So abstoßend der Geruch der Umanbeere selbst für den Menschen auch war: Umanbeereneis vereinte in sich die tausend betörendsten Geschmacksrichtungen und war schier unwiderstehlich. Da es nur eine begrenzte Anzahl von Umanbeerensträuchern gab, galt Umanbeereneis als das wertvollste Geschenk, das ein junger Mann oder eine junge Frau seiner oder ihrem Liebsten als Zeichen der Liebe schenken konnte.

Im Frühjahr und Sommer war das gesamte lange Tal von Taramokkien eingehüllt in tausend Düfte, die den Obstgärten und -hainen entströmten. Manche waren süß und betäubend, andere bitter und streng. Viele Wochen hindurch ernteten die Taramokken große Mengen an Obst und Nüssen, Beeren und Früchten, die sie bis zum Winter lagerten. Das war die Zeit, in der in den Siedlungen rege Betriebsamkeit herrschte, denn dann stellten die Taramokken aus den frischen oder eingelagerten Früchten und aus dem Eis der Gletscher, das sie von den windumtosten Gipfeln des Gebirges holten, Unmengen von Speiseeis her. Aus den Hunderten von Obst-, Frucht- und Nusssorten und den Tausenden von Geschmacksnuancen komponierten sie Zehntausende von verschiedenen Eissorten, die sie in Hunderttausenden von kleinen Behältnissen in den Schneefeldern und Gletschern der Berghänge einlagerten, um sie in der brütenden Hitze des darauf folgenden Sommers zu verspeisen. Stets mussten die Taramokken dabei jedoch auf der Hut sein, nicht von den Krummhornschafen und Bergziegen, den vierhöckrigen Kamelen und den Langhaarochsen zu sehr bedrängt oder gar über den Haufen gerannt zu werden, die ein ebenso unwiderstehliches Verlangen nach der süßen Verlockung entwickelten wie die Menschen.

So lebten die Taramokken in Armut, aber zufrieden in ihrem von der Natur so reich gesegneten Tal unter der gütigen Herrschaft von Königin Dorothea. Sie hätten in alle Ewigkeit auf diese Art und Weise weiterleben können, wenn... ja, wenn nicht die Nachbarn gewesen wären.

Taramokkien war von zwei großen und mächtigen Nachbarreichen umgeben. Das Königreich Blampf erstreckte sich, von Taramokkien aus gesehen, jenseits des Gebirgszuges mit den zwei roten Gipfeln, von denen einer alten taramokkischen Sage zufolge die Elfe Mirinakk und der Waldschrat Blumblos gemeinsam in den Tod gesprungen waren. Blampf umfasste breite, fruchtbare Ebenen, waldbestandene Hügellandschaften, mehrere große und fischreiche Seen und ein gutes Stück von der Küste des Mironesischen Meeres. Blampf blickte auf eine vielhundertjährige Geschichte zurück; es besaß viele große Städte, in denen jeweils mehr Menschen wohnten als in ganz Taramokkien, und einen Königspalast in der Hauptstadt, der so groß war, dass sich schon manche ausländische Delegation darin verirrt hatte und erst nach Wochen wieder zum Vorschein gekommen war. Aus der weitläufigen Anlage des Palastes wuchsen Hunderte von goldglänzenden Türmen empor, die jeweils eine mit blauen und silbernen Mosaiken verkleidete Kuppel trugen. Jeden Abend bestieg der König von Blampf, Pfumpf der Vierundzwanzigste, einen dieser Türme und blickte von der höchsten Spitze der Kuppel zufrieden über sein großes, wohlhabendes und mächtiges Reich. Er ließ seinen Blick über die im Dunst der Ferne gerade noch zu erahnende Küste des Mironesischen Meeres gleiten, schaute befriedigt auf die vielen kleinen Schiffe, die mit vollen weißen Segeln den Fluss Miran hinauf- und hinabsegelten, betrachtete mit Genugtuung die sauberen, stets rechtwinklig angelegten Felder und die wie mit dem Lineal gezogenen Straßen und Wege, die sich um die Hauptstadt zu einem Spinnennetz verdichteten, verweilte in angenehmer Betrachtung der farbenprächtigen Häuser, die sich zu seinen Füßen scharten und stieß regelmäßig einen Fluch aus, sobald er sich den von der Abendsonne beschienenen Berggipfeln zuwandte, hinter denen das Tal von Taramokkien lag.

Den gleichen Fluch hatte bereits jeden Abend während dessen eigener Regierungszeit sein Vater ausgestoßen, König Pfumpf der Dreiundzwanzigste. Und war es nicht des jetzigen Königs Großvater, König Pfumpf der Einundzwanzigste, gewesen (aufgrund einer Unachtsamkeit des Hofmarschalls war König Pfumpf der Zweiundzwanzigste irrtümlicherweise als König Pfumpf der Dreiundzwanzigste ausgerufen worden, was danach nicht mehr rückgängig zu machen war, sodass die Nummer zweiundzwanzig in der Thronfolge fehlte) – war es also nicht des jetzigen Königs Großvater gewesen, der die Mitglieder des Königlichen Rates ebenso wie seinen Sohn und Nachfolger stets feierlich darauf eingeschworen hatte, dass Taramokkien eigentlich ein untrennbarer Teil von Blampf sei, weil vor über 700 Jahren eine Prinzessin von Taramokkien einen Prinzen von Blampf geheiratet habe? Seit zwei Generationen schon suchten die Könige von Blampf nach Mitteln und Wegen, diesen Schwur einzulösen und Taramokkien zurück in die alte Heimat zu holen, aber bisher hatte sich noch keine günstige Möglichkeit geboten. Täglich versicherten die Würdenträger des Reiches einander der unverrückbaren Absicht, die Vereinigung des armen Taramokkien mit dem Mutterland gleich am nächsten Tage in die Wege zu leiten. Aber stets kam etwas dazwischen. Die Berge waren hoch, erst einmal musste man daher eine ordentliche Straße nach Taramokkien bauen, damit die Segnungen der blampfischen Zivilisation dort Einzug halten konnten, und das war teuer, und das Wetter war in den letzten Jahren schlecht gewesen, und der Königliche Rat war nicht imstande, die Weitsicht und

Weisheit der königlichen Pläne ausreichend zu würdigen, und war es nicht dringlicher gewesen, den Bau des 237. Turmes des Palastes in Angriff zu nehmen, da das Geld kurz vor Jahresende noch schnell ausgegeben werden musste, weil es sonst wieder zurück an die Schatzkämmerei gefallen wäre?

So blieben die abendlichen Flüche, die König Pfumpf der Vierundzwanzigste in die Himmelsrichtung von Taramokkien ausstieß, seit Jahren die einzige Handlung, die er durchführte, um den Willen seines Großvaters zu erfüllen. Der Fluch richtete sich allerdings gar nicht gegen die Taramokken selbst. Ihr Unwillen, sich mit dem Königreich Blampf zu vereinigen, war König Pfumpf dem Vierundzwanzigsten wohl bekannt, aber dies hätte ihn an der Erfüllung des Vermächtnisses seines Großvaters beileibe nicht gehindert. Taramokkien war schwach, Blampf war stark; Taramokkien besaß keine richtige Armee, Blampf dagegen deren mehrere, darunter sogar eine Fahrraddivision und ein Heißluftballon-Kommando. Eine Eroberung von Taramokkien wäre ein Kinderspiel gewesen, und sie hätte angesichts der erdrückenden Übermacht von Blampf sogar völlig friedlich ablaufen können.

Nein, die abendlichen Flüche von König Pfumpf dem Vierundzwanzigsten galten nicht Taramokkien. Sie galten Taramokkiens anderem Nachbarn, der Freien Republik Krumman.

Die Freie Republik Krumman lag, von Taramokkien aus gesehen, jenseits der Gebirgskette mit dem gezackten grünen Kamm, an dem einer taramokkischen Sage nach der Riese Glumokk in grauer Vorzeit sich die Zähne ausgebissen hatte. Die Republik erstreckte sich über weite, fruchtbare Ebenen, in denen fette Rinderherden weideten, während in den feuchten Flusstälern der Ackerbau blühte. Auch Krumman besaß Anteil an der Küste des Mironesischen Meeres und darüber hinaus mit dem Achatgebirge die reichsten Bodenschätze der zivilisierten Welt. Streng genommen war aus eben diesem Grund das Achatgebirge kein Gebirge mehr, sondern nur noch ein riesiges Loch in der Erde, so durchlöchert wie ein taramokkischer Käse, aber der Name war geblieben. Mittlerweile war durch die andauernde Abbautätigkeit das Loch, in dem das Achatgebirge verschwunden war, bis in die Vororte der Hauptstadt gewachsen, sodass bereits mehrfach im Rat der Republik darüber debattiert worden war, die gesamte Hauptstadt zu verlegen. Bisher war diese Entscheidung hinausgezögert worden, aber seit noch während der letzten Sitzung in der prächtig ausgeschmückten Halle der Republik durch die Erderschütterungen das Staatswappen – ein vergoldetes Huhn aus Stuck – von der Decke gefallen war und zwei Ratsleute erschlagen hatte, war es wohl nur noch eine Frage der Zeit, bevor die Freie Republik Krumman eine neue Hauptstadt bekommen würde. Das war schade, denn die alte Hauptstadt – am Rande eines kreisrunden, goldglänzenden Sees inmitten von Palmenhainen gelegen – galt als eine der schönsten Städte der Welt.

Auch die Freie Republik Krumman besaß eine Vielzahl von Städten, deren jede mehr Einwohner zählte als ganz Taramokkien. Überdies wies auch sie eine vielhundertjährige Geschichte auf. Die Krummaner hatten schon vor mehreren Generationen das Joch königlicher Tyrannei abgeschüttelt und sahen nun ihre Hauptaufgabe in der Welt darin, anderen Völkern zu dem gleichen Glück zu verhelfen. Was lag daher näher als der Gedanke, dieses segensreiche Werk auch bei ihren kleinen Nachbarn, den Taramokken, durchzuführen? War es nicht höchste Zeit, die rückständige Königinnenherrschaft in Taramokkien zu beenden, und würde man sich dabei nicht des Jubels der Taramokken sicher sein können? Sicherlich hätte es gereicht, mit einigen wenigen Truppenteilen – als Schutz vor etwaigen Banditen und Wegelagerern im Gebirge – nach Taramokkien zu marschieren, um auch in jenes abgelegene Tal die Segnungen der zivilisierten Welt zu bringen... wenn, ja wenn da nicht jenes Königreich Blampf gewesen wäre mit seiner widersinnigen Forderung nach Wiedereinverleibung von Taramokkien, einer Forderung, die jeglicher historischer Begründung entbehrte. Trotzdem – leider – waren die blampfischen Interessen nicht so einfach zu übergehen. Sicherlich,

Blampf war rückständig, hatte einen Widerling als König, eine vollkommen ineffiziente Verwaltung und eine unfähige Armee, aber immerhin besaß diese eine Fahrraddivision und ein Heißluftballon-Kommando. Das konnte die Freie Republik Krumman nicht aufweisen. Dafür verfügten die Krummaner über eiserne Kanonen, die Schrot aus Achatsteinen verschießen konnten. Solche Waffen besaßen wiederum die blampfischen Truppen nicht, was König Pfumpf dem vierundzwanzigsten von Blampf schmerzhaft bewusst war. Wie sollte er ahnen, dass die krummanischen eisernen Kanonen oft genug explodierten, wenn sie eigentlich einen Schuss abfeuern sollten, und daher zu nicht sehr viel zu gebrauchen waren?

Es war wie verhext. Weder Blampf noch Krumman wagten es, Taramokkien – je nach bevorzugter Lesart – wieder zu vereinen, einzuverleiben oder zu befreien, denn jedes Reich verspürte jenseits der gezackten Kämme des Gebirges die drohende Präsenz des jeweils anderen. Und so hätten die Taramokken in diesem Gleichgewicht der Kräfte weiterhin arm und zufrieden die unvergleichliche Ruhe ihres wunderschönen abgeschiedenen Tales genießen können... wenn, ja wenn König Pfumpf der Vierundzwanzigste von Blampf sich eines schönen Tages bei einem Jagdausflug nicht ganz fürchterlich den kleinen Finger gequetscht hätte.

Und das kam so: König Pfumpf der Vierundzwanzigste war leidenschaftlicher Jäger. Er jagte den Grauen Riesenfanten in den ausgedehnten Waldungen, die sich in der Nähe der Hauptstadt erstreckten und direkt der Krone unterstanden; er stellte dem gescheckten Wassertiger in den Sümpfen entlang der Küste des Mironesischen Meeres nach, er jagte die flinke Spaltfußgeiß in den felsigen Abgründen diesseits des Grenzgebirges zu Taramokkien und er verfolgte selbst jene allergefährlichste aller gefährlichen Beuten, die mannsgroße, listige Mähnenratte, die in den heißesten Winkeln der heißen Sandbecken der allerheißesten Zonen seines Königreiches hauste. Kein Wild war ihm zu gefährlich oder zu flink, als dass er ihm nicht nachgestellt hätte. Alle seine Untertanen mussten neidlos anerkennen, dass König Pfumpf der beste Jäger im ganzen Reich war. War sein Ruf als Jäger nicht derart groß, dass ihn stets ein Tross von Bewunderern begleitete, für die es keine größere Ehre gab, als zu Fuß dem berittenen König vorauszugehen und die wilden Bestien, die er gerade verfolgte, vor ihm aufzuscheuchen? Bei manch einem dieser Begleiter ging die Begeisterung, dem jagenden König dienen zu können, sogar so weit, dass er sich bereitwillig von gescheckten Wassertigern auffressen, von Grauen Riesenfanten niedertrampeln, von Spaltfußgeißen umrennen und in Abgründe stürzen und von listigen Mähnenratten in wohldurchdachte Hinterhalte locken ließ. Der König selbst war stets derart erhaben über diesen gelegentlichen Widrigkeiten der Jagd, dass er seine hohe Person nur dann in Aktion brachte, wenn seine Begleiter und Bewunderer die beabsichtigte Beute bereits ermüdet, gesättigt oder sonst wie beruhigt hatten, damit er sie sodann mit einem gezielten Schuss, Schlag, Hieb oder Stich vom Leben zum Tode befördern konnte.

Es geschah daher selten, dass König Pfumpf der Vierundzwanzigste direkt mit der auserkorenen Jagdbeute in Berührung kam. An einem denkwürdigen Tag jedoch brachte eine der mannsgroßen und listigen Mähnenratten eine neuartige Falle zur Anwendung. Diese bestand aus einem als Heckenreihe getarnten Zaun aus Holz, der den königlichen Jäger samt seiner Begleitung direkt auf eine kläglich jammernde und anscheinend verletzte Mähnenratte hin leitete. Im Glauben, eine leichte Beute vor sich zu haben, stürmten König und Gefolge nach vorne. Zum großen Erstaunen von König Pfumpf dem Vierundzwanzigsten erreichten sie jedoch ihr auserkorenes Opfer nie. Wenige Schritte, bevor die ersten Männer aus dem Jagdgefolge die herzzerreißend weinende Mähnenratte erreichten, brach unter ihnen ein ziemlich großes Stück des Erdbodens ein und riss mehrere Dutzend von ihnen mit in eine unergründliche Tiefe, aus der sie nie wieder auftauchen sollten. Der König vermochte sein Pferd gerade noch zum Stehen zu bringen, da prasselten bereits aus dem als Heckenreihe getarnten Zaun heraus große Felsbrocken auf ihn nieder. Wie spätere Untersuchungen ergaben, waren diese von automatischen Wurfmaschinen hinaus geschleudert worden. Der König zog instinktiv den Kopf ein und schützte ihn zusätzlich mit den Händen, als ein faustgroßer Stein seine Hand auf solch unglückliche Weise traf, dass er zwei Glieder des kleinen Fingers der königlichen linken Hand quetschte.

Als alle – noch lebenden – Beteiligten den ersten Schreck überwunden hatten, war die kläglich jammernde Mähnenratte verschwunden, ebenso wie der größte Teil der Begleitung des Königs. Das Wehklagen des Königs ob seines gequetschten Fingers erfüllte Himmel und Erde. In Eilmärschen brachte die arg zusammengeschmolzene Jagdgesellschaft ihren Herrscher zurück in den Palast, wo sich ein Trupp von Leibärzten sofort um den schwer Verwundeten kümmerte.

Trotz der Anwendung aller Künste, derer die Leibärzte des Königs fähig waren, erwies es sich als notwendig, den auf so furchtbare Weise malträtierten kleinen Finger des Herrschers einer Operation zu unterziehen. Nun war aber guter Rat teuer, denn auf derartige medizinische Kunstgriffe verstand sich keiner der Ärzte des gesamten Königreiches. König Pfumpf der Vierundzwanzigste sah sich schon mit einer Tod bringenden Blutvergiftung auf dem Sterbelager liegen. Sein Jammern und Wehklagen hallte so durchdringend durch die verschlungenen Gänge seines Palastes, dass die seit Wochen in den unergründlichen Tiefen des Gebäudes verirrte Delegation des kleinen Nachbarlandes Tsiriol sich danach orientieren und endlich wieder ihre Freiheit erlangen konnte. Woher sollte der König die Ärzte nehmen, um die Operation zu wagen? Es war bekannt, dass die Medizin in der Freien Republik Krumman in hohem Ansehen stand. Dort würde sich sicherlich ein geeigneter Kandidat finden lassen, aber ein Hilfegesuch kam selbstverständlich nicht infrage. Die Beziehungen zwischen dem Königreich Blampf und der Freien Republik Krumman standen bekanntlich nicht zum Besten, und Krumman würde sich diese Chance sicherlich nicht entgehen lassen wollen, für einen so wichtigen Dienst einen exorbitanten Preis zu fordern.

Es blieb Baron Mempf überlassen, die rettende Eingebung zu bekommen. Als er die Lösung des Problems dem König ins Ohr flüsterte, erhellte sich dessen Miene sofort.

»Ich wusste es doch, dass ich eine Lösung finden würde!«, rief König Pfumpf begeistert aus. »Wozu habe ich alle meine klugen Berater, wenn ich selbst immer die guten Ideen habe!«

Baron Mempf zog sich mit einer dezenten Kopfbewegung in eine dunkle Ecke des Raumes zurück. Er wusste, dass er seinen Kopf riskierte, wenn er dem König zu widersprechen wagte, dass es doch schließlich seine, des Barons, Idee gewesen war.

Sofort wurden Boten per Schiff über das Mironesische Meer mit einem versiegelten Brief nach Krumman geschickt. Der Brief war von König Pfumpf dem Vierundzwanzigsten an den Obersten Ratsvorsteher der Freien Republik Krumman gerichtet und begann mit den Worten:

»Wir und Ich,
König Pfumpf der Vierundzwanzigste, durch Gottes,
der Götter und des Geschickes Gnaden
König des Königreiches Blampf,
jugendliches Beispiel an erlesener Tapferkeit,
leuchtende Perle blampfischer Gelehrsamkeit,
Beherrscher der Beherrschten,
Herzog von Visorien,
Graf von Monte Mistro,
allerehrwürdigster Oberster Korigand des Mistentums Mork,
allvermögender Hiffe des Umbellistischen Ordens
der Kriechenden Knacker
etc. etc.
dessen Name zehntausend Sonnen überstrahlt,
entbieten Unseren huldvollen Gruß
dem Obersten Ratsvorsteher der Freien Republik Krumman,
durch freie, gerechte, faire, ausgeglichene, durchsichtige Wahl rationeller Sachwalter der krummanischen Freiheit,

Zerschmetterer der blutsaugenden Diktatoren,
Zermalmer der kriechenden Schleimer,
glänzender Hüter der ewigen Flamme der Freiheit,
Träger des Schwertes der Befreiung,
Zerspalter des Jochs der Unterdrückung
etc. etc.«

In dem folgenden Text, der eine große Anzahl kleingeschriebener Klauseln enthielt, machte König Pfumpf der Vierundzwanzigste seinem Kollegen aus der Freien Republik Krumman ein verlockendes Angebot als Gegenleistung für medizinische Hilfen bei der völligen Wiederherstellung des königlichen Fingers. Bei diesem Angebot handelte es sich um nichts Geringeres als die gemeinsame Eroberung von Taramokkien.

»In dem von tiefstem Mitgefühl getragenen Wunsche, das heiße Sehnen Unserer Brüder und Schwestern in jenem Teil Unseres teuren Reiches, der gegenwärtig irrtümlicherweise Taramokkien genannt wird, nach endgültiger und auf ewig geltender Vereinigung mit dem Rest Unseres geliebten Reiches Blampf zu erfüllen«, stand da etwa, »und unter gleichzeitiger Anerkennung der legitimen Bestrebungen Eurer Freien Republik Krumman nach Besiegung der Diktatorinnen und Diktatoren, Usurpatorinnen und Usurpatoren, die Unsere gemeinsamen Brüder und Schwestern in Taramokkien quälen, und in Anbetracht etc. etc.«

So ging es einige Seiten, bevor in drei dürren Zeilen König Pfumpf vorschlug, dass das Königreich Blampf und die Freie Republik Krumman gemeinsam Taramokkien besetzen sollten, jeder zur Hälfte; Grenzfluss würde der das Tal praktischerweise der Länge nach durchfließende Fluss Sindamokk werden. Bei der Befreiung Taramokkiens würden die beiden Nachbarreiche selbstverständlich in größtmöglicher Weise kooperieren. Auf diese Weise könnten nicht nur der königliche Finger geheilt, sondern auch alte Streitigkeiten durch eine weitsichtige Handlung beigelegt werden. Eine neue Ära des Wohlstandes und des beiderseitigen Vorteils würde anbrechen.

Zu diesem Schreiben gab es gewisse Anlagen und Beifügungen, die allerdings die sichersten Gemächer des königlichen Palastes nie verließen. Sie beinhalteten die Pläne, nach einer Phase des gegenseitigen Wohlwollens zum Schlag gegen die Königsmörder der so genannten Freien Republik Krumman auszuholen, ganz Taramokkien mit dem Mutterland zu vereinigen, über das Grenzgebirge nach Krumman einzufallen und in einem Überraschungsschlag die ganze Republik zu besetzen. Das in Taramokkien so reichhaltig vorhandene Gold spielte bei diesen Plänen eine wichtige Rolle. Mit ihm sollten nicht nur neue Waffen bezahlt, sondern auch Schlüsselpersonen in Krumman selbst bestochen werden, um durch einen ferngesteuerten Aufstand eine Eroberung des verhassten Gegners zu erleichtern.

Die Antwort der Freien Republik Krumman auf den offiziellen Brief kam nach der üblichen Frist, die nötig ist, um ein Rechtsdokument gegen alle juristischen Fallstricke abzusichern. Natürlich lautete sie zustimmend, was aber erst nach einer weiteren Frist von drei Tagen feststand, da die blampfischen Rechtsgelehrten so lange brauchten, um die vielen Zusatzartikel, Fußnoten und Entwürfe zu Nebenprotokollen genauestens zu sichten. Was König Pfumpf und seine Berater nicht wussten, war die Tatsache, dass auch der Brief aus Krumman einige Ergänzungen enthielt, die in den tiefsten Archiven des Gebäudes des Obersten Rates unter Verschluss lagerten. Sie sahen vor, nach einer Phase des gegenseitigen Wohlwollens zum Schlag gegen den finsteren und blutsaugenden Diktator des Königreiches Blampf auszuholen, ganz Taramokkien vom Joch der Tyrannei zu befreien, über das Grenzgebirge nach Blampf einzufallen und in einem Überraschungsschlag das ganze Königreich zu besetzen. Das in Taramokkien so reichhaltig vorhandene Gold spielte bei diesen Plänen eine wichtige Rolle. Mit ihm sollten nicht nur neue Waffen bezahlt, sondern auch Schlüsselpersonen in Blampf selbst bestochen werden, um durch einen ferngesteuerten Aufstand eine Eroberung des verhassten Gegners zu erleichtern.

Zusammen mit dem offiziellen Antwortbrief der Freien Republik Krumman erschien eine Gruppe von Krummans fähigsten Ärzten im Königreich Blampf. Aufgrund ihrer Freiheitsliebe und der Gegnerschaft zu jeglichen blutsaugenden Königen und Königinnen fiel es ihnen schwer, sich vor König Pfumpf dem Vierundzwanzigsten so zu benehmen, wie es einem König seines Ranges zustand, aber im Dienst der höheren Sache rissen sie sich zusammen und boten dem König ganz untertänigst ihre bescheidenen Dienste bei der Behandlung und völligen Wiederherstellung seines gequetschten Fingers an.

Mittlerweile war der königliche Finger jedoch ganz von selbst verheilt, was der König aber kaum bemerkt hatte; zu sehr nahm ihn das große Abenteuer gefangen, das er in seiner grenzenlosen Weitsicht angestoßen hatte. Und so begannen sowohl das Königreich Blampf wie die Freie Republik Krumman mit den Vorbereitungen zur Befreiung von Taramokkien. Straßen wurden von Blampf wie von Krumman aus hinauf ins Gebirge gebaut; Waffen geschmiedet und geschärft, Fahrräder geölt, Heißluftballons mit heißer Luft gefüllt, schmiedeeiserne Kanonen mit Schrotladungen aus Achatsteinen versehen, Landkarten von Taramokkien aus den Archiven geholt, um die neue Grenze einzutragen, und während all dieser hektischen Vorbereitungen gingen die Taramokken nichtsahnend ihren alltäglichen Beschäftigungen nach, jagten verirrten Langhaarochsen nach, kochten Umanbeerengelee ein, ließen in den warmen Winden des Sommers Drachen steigen, die aus den Schwanzquasten von vierhöckrigen Kamelen gefertigt worden waren, und feierten ihre Feste zur Musik von Kastagnetten aus den Hufen von Spaltfußgeißen.

Dachten jedenfalls König Pfumpf der Vierundzwanzigste von Blampf und der namenlose Oberste Ratsvorsteher der Freien Republik Krumman. Aber sie irrten sich. Taramokkien mochte zwar in einem isolierten Gebirgstal liegen, aber die Taramokken führten Handel mit ihren Produkten durch, sodass es nicht selten vorkam, dass Taramokken in die Grenzstädte sowohl von Blampf als auch von Krumman gelangten. Dort erfuhren sie sehr schnell von interessanten Gerüchten und trugen diese mit sorgenvollem Herzen über die windumtosten Gebirgspässe, durch reißende Bäche und in der Sonne gleißende Schneefelder hinab in ihr grünes Tal, bis in die Audienzhalle von Königin Dorothea.

Königin Dorothea befand sich gerade in ihrer öffentlichen Teestunde, als die Gerüchte sie erreichten. Sie ließ sich nichts anmerken, sondern wartete geduldig ab, bis die Hausmänner und Hausfrauen, die Hirten und Hirtinnen die Audienzhalle wieder verlassen hatten. Sodann versammelte sie in einem Nebenraum ihre engsten Beraterinnen und Berater um sich. Bei einem Teller flambierten Karamakeises mit Aramlikör und einer Garnitur von Batanokkkirschen überlegte man, wie der zweifachen Bedrohung begegnet werden sollte.

»Wir können kämpfen!«, schmetterte mit vor Stolz geschwellter Brust der Oberste Hirte des Königinlichen Hauses. »Wir kennen uns besser im Gebirge aus als diese blampfischen Dummköpfe und die krummanischen Idioten. Wir kennen alle Pässe und wissen, wie sie verschlossen und verteidigt werden können. Lassen wir Felsbrocken auf die Eindringlinge herabregnen, wenn sie es wagen sollten, gegen Taramokkien zu ziehen! Wir können eine stolze Armee aufstellen, die bereit ist, ihren letzten Blutstropfen für ihr Land zu geben. Langhaarochsen! Vierhöckrige Kamele! Satteln wir sie zum Kampf!«

»Eine Armee aus vierhöckrigen Kamelen wird gegen Heißluftballons und eiserne Kanonen wenig ausrichten«, entgegnete Königin Dorothea nüchtern. »Wie lange können wir die Pässe verteidigen und einem Angriff standhalten? Zwei Tage? Drei Tage? Jede einzelne größere blampfische oder krummanische Stadt kann mehr Kriegerinnen und Krieger bereitstellen, als wir in ganz Taramokkien. Was ist, wenn sie drei Monate gegen uns anrennen? Wenn sie mit ihren Luftschiffen vor unserem Palast landen und zur Teestunde hereinspazieren? Wenn sie unsere Langhaarochsen und vierhöckrigen Kamele einzeln mit den Kanonen erledigen?

Wollen wir es wirklich riskieren, dass unser Land bei der Verteidigung zerstört wird?«

»Aber wir haben keine Alternative, Majestät«, bemerkte mit ruhiger Stimme die alte Hofmarschallin. »Sollen wir uns ohne Kampf dem blampfischen Wahnsinnigen oder den krummanischen Eiferern ergeben?«

»Außerdem«, fügte der Oberste Hirte des Königinlichen Hauses hinzu, »geht es ja nicht einmal um entweder den blampfischen Wahnsinnigen oder die krummanischen Eiferer, sondern wir bekommen beide Plagen gleichzeitig geliefert. Da können wir doch nicht die Hände in den Schoß legen und abwarten. Wenn die Fremden erst einmal hier sind, wird es erst recht gänzlich unmöglich sein, sie wieder zu verjagen.«

Königin Dorothea schwieg. Bedächtig führte sie eine sahnebeträufelte Batanokkkirsche zum Mund und kaute sie sehr, sehr langsam.

»Die Batanokkkirschen sind wieder prächtig gelungen«, bemerkte sie mit einem leicht geistesabwesenden Ausdruck im Gesicht. »Ist noch etwas von dem Melonenpflaumeneis von gestern da?«

Die alte Hofmarschallin hob verwundert eine Augenbraue. Die Mittlere Hirtin der Unteren Weide, ein junges Ding mit fröhlichen Grübchen in den Wangen, schüttelte eifrig den Kopf. »Ein Krummhornschaf ist gestern in die Küche eingedrungen und hat den Rest gegessen! Wir haben es nur unter Mühen überhaupt wieder hinausbekommen, es war völlig verrückt nach dem Zeug, wie sonst nur nach Umanbeeren.«

Die Königin löffelte weiter mit langsamen Bewegungen ihr Eis. Sie schien nachzudenken. Schließlich brach sie wieder das Schweigen.

»Wie groß sind unsere Eisvorräte?«, fragte sie in die Runde. Die alte Hofmarschallin hob wiederum eine Augenbraue, noch höher als vorher, sodass sie nicht mehr nur einen leichten Vorwurf, sondern bereits einen stummen Tadel ausdrückte.

Der Oberste Schreiber des königinlichen Warenlagers gab bereitwillig Auskunft über die in den Schneefeldern des Gebirges eingelagerte Menge an Eisgrundstoffen und fertig gestellten Portionen. Es stellte sich heraus, dass Taramokkien reichlich mit Vorräten an Eis ausgestattet war. Der Sommer hatte begonnen und in den nächsten Tagen würde der Eiskonsum im gesamten Land mit Einsetzen der großen Hitze sprunghaft ansteigen. Das Gesicht der Königin verlor daraufhin seinen konzentrierten Ausdruck.

»Bringt mir einen kleinen Teller von dem wunderbaren Honigblümcheneis mit Papayakrokant«, befahl sie mit fröhlicher Stimme und wandte sich sodann an den Rest der Runde. »Was habt ihr noch für Wünsche? Vielleicht einen Schlag Cherimoya-Himmelbeeren-Eis mit Kermanapfelmus und einem Spritzer Mangosahne? Oder doch lieber...«

Nun hob die alte Hofmarschallin ihre Augenbraue so hoch, dass sie fast aus ihrem Gesicht zu verschwinden drohte.

»Majestät«, protestierte sie mit schwacher Stimme, »Majestät, verzeiht mir, dass ich meine nichtswürdige Stimme erhebe« – Königin Dorothea nickte huldvoll – »aber ich halte es für meine Pflicht, darauf hinzuweisen, dass es möglicherweise nicht unbedingt ganz opportun sein könnte, in einer solch schwierigen Lage das gewiss wichtige Thema Eis derart in den Vordergrund zu ...«

Königin Dorothea lachte ein glockenhelles Lachen.

»Aber ja doch«, strahlte sie erst die alte Hofmarschallin und dann die gesamte versammelte Runde an. »Aber sicher ist es opportun, das Thema Eis in den Vordergrund zu stellen. Hier« – sie schob der alten Hofmarschallin einen Teller mit mehreren kleinen Bällchen durchsichtigen Zitroneneises hin, in denen kandierte Rosenknospen eingeschlossen waren – »nimm´ nur. Nehmt alle. Das da, das wird unsere Waffe sein.«

Ungläubiges Staunen erzeugte für einen kurzen Moment lang eine Stille, in die wieder nur das fröhliche Kichern der Königin barst. Als sie in die verständnislosen Gesichter in der versammelten Runde blickte, musste sie nur noch mehr lachen. Fast hätte sie sich an einer Batanokkkirsche verschluckt.

*****

Das Königreich Blampf und die Freie Republik Krumman benötigten nicht mehr als zwei Monate, um ihre gemeinsame Aktion der Besetzung von Taramokkien vorzubereiten. Am vierten Tag des Monats des Großen Jägers im achten Jahr der Regierung von König Pfumpf dem Vierundzwanzigsten, das gleichzeitig das eintausendsiebenundzwanzigste Jahr seit der Reichsgründung durch König Zimpfel den Einfältigen Städtebauer war, setzte sich ein Tross aus Rittern mit schwerer Bewaffnung auf der neu erbauten Straße zur Passhöhe im Grenzgebirge in Bewegung. Tausende von Banner knallten fröhlich im Sommerwind; die Fahrraddivision, die den Kern der Elitetruppen bildete, ließ ununterbrochen die blank geputzten Klingeln klingen, und im blauen Himmel segelten gemächlich die drei Heißluftballons der blampfischen Luftwaffe wie überreife Früchte auf den Gebirgskamm zu. Seit Tagen hatte die große Armee gewartet, bis der Wind die Ballons in die richtige Richtung treiben würde; nun war ihre große Stunde gekommen. Der größte der Ballons, der den Namen »Große Schäfchenwolke« trug, war dazu auserkoren worden, mit einem Elitetrupp vor dem Palast von Königin Dorothea zu landen und die Königin sogleich mit allem nötigen Nachdruck einzuladen, an den Vorbereitungen für den triumphalen Empfang der Befreier mitzuwirken.

Zwei Tage dauerte es, bis der Lindwurm des Heeres die Passhöhe erreicht hatte, und selbst dann befand sich noch ein guter Teil seines Schwanzes erst am Fuß des Gebirges. Kleine Spähtrupps hatten das ganze Umfeld der Passstraße unablässig nach Anzeichen feindlicher Aktivitäten ausgekundschaftet, aber außer ein paar taramokkischen Hirten, die den Spähern steinhartes Brot und widerlich riechenden Kamelkäse anboten und bereitwillig Auskunft gaben über den besten Abstieg ins Tal, trafen sie auf keine weitere Menschenseele. Die Anspannung, unter der die Vorhut stand, löste sich allmählich. Vielleicht würde die Besetzung – nein, Befreiung und Wiedervereinigung Taramokkiens mit Blampf – doch so gefahrlos und unproblematisch verlaufen, wie König Pfumpf der Vierundzwanzigste es in seinen zumeist siebenstündigen Anfeuerungsreden versprochen hatte?

Bei strahlendem Sonnenschein, unter einem lachenden blauen Himmel, in dem weiße Wattebäusche schwammen, stand schließlich der erste Teil des großen Heeres auf der Passhöhe und blickte hinab ins Tal von Taramokkien. Es bot sich ein wundervolles Bild des Friedens. Der Fluss Sindamokk glitzerte als diamantenes Band inmitten saftig grüner Wiesen, auf denen putzige kleine Menschlein und nicht minder putzige Langhaarochsen standen; die kleinen Dörfer und die nicht sehr viel größere Hauptstadt schienen wie aus Spielzeuggebäuden gemacht, und wenn man sich auf die Zehenspitzen stellte, war am anderen Ende des Tales, dort, wo es sich öffnete, sogar der ferne Spiegel des Amethystsees zu sehen. Direkt der Passhöhe gegenüber, auf dem Gebirgskamm, der das Tal zur Freien Republik Krumman hin abschloss, herrschte hingegen geschäftige Bewegung. Dort war soeben, der Absprache gemäß, der Tross von Befreiern aus der Freien Republik Krumman angekommen.

Krumman schickte an diesem schicksalhaften siebzehnten Flammentag des Mondes der Gerechtigkeit des zweihundertsiebenundfünfzigsten Großjahres der Freiheit nach der Zerschmetterung des letzten krummanischen Königs, Wampurs des Blutsaugers, nicht so viele Truppen nach Taramokkien wie das Königreich Blampf. Dafür waren sie jedoch besser ausgerüstet. Eine größere Zahl an eisernen Kanonen würde genügen, um gegenüber den Taramokken und später den blampfischen Einfaltspinseln den nötigen Eindruck von Entschlossenheit und Freiheitsliebe zu machen. Während Blampf nicht weiter darüber nachgedacht hatte, was in und mit Taramokkien eigentlich nach der Besetzung geschehen sollte, hatte Krumman bestens vorgesorgt. Aus diesem Grund standen bereit: Landvermesser, Kartographen, Schreiber erster und zweiter Klasse, Steuerberechner, Steuereintreiber, Steuerbewahrer und

Steuertransporteure, Straßen- und Brückenbauer sowie einige Hundertschaften speziell ausgebildeter Juristen. Krumman hatte es geschafft, in die Abmachung mit dem Königreich Blampf über die Aufteilung von Taramokkien einige verschlungene Formulierungen einzubringen, die es ihm bei richtiger Auslegung – und für diese waren die erwähnten Juristen zuständig – gestatten würde, auf den Warenverkehr zwischen Taramokkien und Blampf Zölle zu erheben. Die Begründung lag darin, dass die Straße von Blampf nach Taramokkien am Talgrund gleich den Sindamokk querte, ehe sie die Länge des Tales durchmaß, und sich demgemäß ganz im Sinne der Abmachung auf dem zukünftig krummanischen Teil des Tales befand. Blampf würde sicherlich Protest schreien, sobald die ersten Zölle erhoben wurden, aber Krummans eiserne Kanonen würden für die erste Zeit diesen gerechten Akt zu verteidigen wissen, und im Schutze der gewonnenen Zeit hoffte der Oberste Rat von Krumman sowieso, eine eigene Fahrraddivision und Luftflotte bereitstellen zu können und die ersten Schritte zur Eroberung von Blampf in die Wege zu leiten.

Der krummanische Heerwurm benötigte einen Tag weniger als die Ritterschaft von Blampf, die eigene Passhöhe zu erreichen, aber da der Tross auch einen Tag später aufgebrochen war, erreichten beide Heerzüge zur gleichen Zeit die Höhe. Auch die Krummaner blickten hinab in das friedliche Tal und hinüber auf dessen andere Seite, wo auf der Passhöhe die bunt gekleideten Ritter von Blampf wie leuchtende Schmetterlinge von den braunen Felsen hervorstachen. Man winkte sich zu, neigte zur Begrüßung die Banner, Hörner wurden geblasen, Lieder angestimmt, und mit schmetterndem Gesang zogen beide Heere hinab ins Tal, die Waffen geschärft, geladen und griffbereit. Doch alles blieb ruhig.

Beide abwärts führenden Pfade – der auf der blampfischen wie auch der auf der krummanischen Seite – waren kurvig und steil, doch der Abstieg erfolgte ohne Zwischenfälle. Nur die blampfische Fahrraddivision konnte ihre Wendigkeit und Schnelligkeit nicht ganz ausspielen und fiel, zusätzlich geschwächt durch eine Vielzahl von Reifenpannen, weit nach hinten. Sie spielte in den weiteren Begebenheiten dieses denkwürdigen Tages denn auch keine große Rolle mehr.

Nach wenigen Stunden standen sich die Truppen aus Blampf und die aus Krumman im Sonnenschein auf dem grünen taramokkischen Boden gegenüber, und vor ihnen, gänzlich unerwartet...

...vor ihnen erstreckte sich eine breite Wiese, auf der ein frisch lackiertes und buntes Gebäude stand, mit vielen Türmchen und Erkern und hohen Fenstern, deren Rahmen mit lustig aussehenden Zeichnungen bemalt waren. Davor stand eine Gruppe lächelnder Taramokken, in weite Festgewänder aus blauen, roten und gelben Farben gekleidet, die den ersten blampfischen Rittern und den ersten krummanischen Kanonentruppen zuwinkten. Eine kleinere Gruppe trat noch einige Schritte vor. Im Mittelpunkt dieser Gruppe stand eine schöne Frau mit einem vor Fröhlichkeit strahlenden Gesicht, die einen golddurchwirkten Umhang aus Langhaarochsenfell, sonst aber keine besonderen Gewänder trug. Das war Königin Dorothea. Auf ihrem schwarzen Haar glänzte eine goldene Krone, unter der eine frisch gepflückte, zartrosa schimmernde Blume hervorschaute.

Sowohl König Pfumpf der Vierundzwanzigste von Blampf als auch der Oberste Ratsvorsteher der Freien Republik Krumman hatten zwar, der Tragweite des Geschehens entsprechend, ihre jeweiligen Truppen begleitet, befanden sich aber aus Sorge um mögliche Hinterhalte nicht unter der Vorhut. Nun entstand Verwirrung. Man hatte mit allem gerechnet beim Einzug nach Taramokkien – verzweifelter, aber sinnloser Gegenwehr, Tränen, geballten Fäusten, Verwünschungen – aber sicherlich nicht mit einem offenbar vorbereiteten, fröhlichen Empfang – oder war es nur eine gut gestellte Falle?

Während die Taramokken geduldig in der Sonne warteten, die krummanischen Kanonen auf die taramokkischen Lande zielten und, rein zufällig, auch auf die blampfischen Bundesgenossen gerichtet wurden, postierten sich die blampfischen Ritter in ihren wehenden Umhängen an den strategischen Punkten der näheren Umgebung. Dann dauerte es noch einmal eine kleine Weile, bis König Pfumpf der Vierundzwanzigste und der Oberste Ratsvorsteher von Krumman – jeder in seiner ganzen Herrlichkeit – sich an die Spitze ihres Zuges durchgearbeitet hatten. Endlich standen sie im warmen Sommerwind nebeneinander bereit, aber nun wollte jeder zu einer erhabenen Rede der Begrüßung anheben, die dieses denkwürdigen Tages angemessen sein sollte. König Pfumpf hatte sich edle Worte bereitgelegt über das jahrhundertealte Verlangen der Taramokken, sich mit ihrem Mutterlande Blampf wieder zu vereinen, einem Verlangen, das heute seine Erfüllung finden würde. Der Oberste Ratsvorsteher des krummanischen Rates wiederum wollte den Taramokken den Tag der Freiheit, der Abschüttelung des Jochs königinlicher Tyrannei in glühenden Farben schildern. Keiner von beiden jedoch wollte dem anderen den Vortritt lassen, sodass sie gleichzeitig zu sprechen begannen und erst nach einer Weile abbrechen mussten, als sie merkten, dass sie auch nicht durch eine kontinuierliche Steigerung der Lautstärke den anderen übertrumpfen konnten. Die entstehende peinliche Stille nutzte Königin Dorothea, um selbst hervorzutreten und das Wort an die Umstehenden zu richten.

»Hochwillkommene Majestät«, richtete sie ihre ersten Worte an König Pfumpf den Vierundzwanzigsten, der ihr am nächsten stand, und schenkte ihm gleichzeitig ihr gewinnendstes Lächeln.

»Lange, zu lange habe wir Eure Ankunft ersehnt. Zu lange waren die Bande zwischen unseren getrennten Ländern zu schwach geknüpft, um dieses Treffen zu ermöglichen. Es ist mir eine tiefe Genugtuung, euch hier in Taramokkien, in unserem friedlichen Tal, willkommen zu heißen. Teilen wir nicht gemeinsame Vorfahren und demnach ein gemeinsames Geschick? Sieht der heutige Tag nicht, wie dieses gemeinsame Geschick endlich wieder einen sichtbaren Ausdruck findet durch Eure erhabene Anwesenheit, mein König? Mein Haus sei Euer Haus, und ich bin Eure gehorsame Dienerin.«

Die Königin verbeugte sich so tief, dass König Pfumpf, der von seinem Ross nicht herabgestiegen war, von ihr nur noch die goldene Krone auf ihrem Haupte sah. Er selbst blickte drein, als wäre er bereit, Dutzende von Feinden zu erschlagen, aber in den lachenden Gesichtern der Taramokken und den Worten der Königin – besonders in jenen, mit denen sie ihr Haus als seines bezeichnet hatte – vermochte er diese Feinde nicht zu erkennen. Welch perfides Spiel trieben sie mit ihm?

Königin Dorothea richtete sich wieder auf, um nun das Wort an den Obersten Ratsvorsteher des Rates der Freien Republik Krumman zu richten, doch die Aufmerksamkeit der Umstehenden wurde für einige Augenblicke abgelenkt, als einer der blampfischen Heißluftballons wenige Schritte neben König Pfumpf zu einer reichlich unsanften Landung ansetzte. Zuerst streckte einer der hastig von Bord geworfenen, mit Sand gefüllten Ballastsäcke den königlichen Standartenträger nieder, der sich nur mit Mühe wieder aufrappeln konnte. Ein Raunen und drohendes Waffengeklirr rauschte durch die Reihen der blampfischen Ritter, als sie ihr geliebtes Banner im Staube – oder besser gesagt: im grünen Grase – liegen sahen. Noch bevor sich jemand rührte, war bereits ein junger Taramokke herbeigeeilt, hatte das Banner ergriffen und hielt es voller Stolz in den Sonnenschein empor. Zögerlich erst, doch dann mit wachsender Begeisterung, brandete Beifall durch die blampfischen Reihen im Angesicht dieses außergewöhnlichen patriotischen Aktes.

Der zweite Ballastsack, den die zunehmend hektischer agierende Ballonbesatzung abwarf, verfehlte knapp einen hohen krummanischen Würdenträger, sodass schwer wiegende diplomatische Verwicklungen in den Beziehungen zwischen Blampf und Krumman gerade noch einmal vermieden werden konnten. Wie ein riesiges, drohendes Pendel schwang der Ballon über den Versammelten hinweg, ehe er schließlich in ein paar Dutzend Schritten Entfernung von der krummanischen Delegation aufsetzte. Sofort eilte eine Gruppe von Krummanern hinzu, um der Besatzung beim Aussteigen zu helfen und um ganz nebenbei ein paar Fetzen Ballontuch für spätere Untersuchungen abzuschneiden und die Gondel kurz, aber intensiv zu vermessen.

(Insgesamt, das sei am Rande vermerkt, spielte die blampfische Ballon-Luftwaffe an diesem Tag keine rühmliche Rolle. Einer der beiden anderen Ballons – es war der Flaggballon »Große Schäfchenwolke« – war zu hoch gestiegen und trieb nun, gerade noch als bunter Fleck im Blau des Himmels erkennbar – wieder Richtung Heimat. Der Dritte landete weit im Innern Taramokkiens inmitten einer Herde Langhaarochsen, die mit gesenkten Hörnern die verschreckte Besatzung belagerten, bis eine Gruppe taramokkischer Hirtinnen zur Rettung eilte. Mindestens zwei der blampfischen Ballonritter entschieden sich daraufhin, bei ihren Retterinnen zu bleiben und nicht wieder nach Hause zurückzukehren.)

Schließlich hatten sich alle wieder einigermaßen beruhigt, sodass Königin Dorothea mit ihrer Begrüßung fortfahren konnte. Nun wandte sie sich an die Abordnung aus der Freien Republik Krumman.

»Hochwillkommene Freunde der Freiheit«, sagte sie mit einer tiefen Verbeugung vor dem Obersten Ratsvorsteher, einem schmalen, in Grau gekleideten Mann mit einem verbitterten Ausdruck im Gesicht. Er saß nicht zu Pferde wie König Pfumpf der Vierundzwanzigste. Krummaner stehen lieber; reiten ist nur etwas für niedere Krieger oder ein Zeichen für blutsaugende Könige, also in beiden Fällen nichts für einen Obersten Ratsvorsteher, auch wenn dieser dadurch fast einen Kopf kleiner als Königin Dorothea war.

»Ihr bringt uns ein kostbares Gut in unser kleines Tal, das so lange von den weltbewegenden Strömungen der Freiheit abgeschnitten gewesen ist«, fuhr Königin Dorothea lächelnd fort. »Ein Gut, von dessen Existenz wir in unserer bemitleidenswerten Rückständigkeit nicht einmal den Hauch einer Ahnung hatten. Erst heute, mit eurer Ankunft, verehrte Freunde und Befreier« – die Königin verneigte sich huldvoll vor den versammelten krummanischen Offiziellen – »erst heute verstehe auch ich die ganze Tragweite unserer bisherigen Isolation von der Zivilisation der Freiheit.« Bei diesen Worten milderte sich der verkniffene Ausdruck in der Miene des Obersten Ratsvorstehers ein wenig. »Zivilisation der Freiheit« – eine solch schöne Redewendung war bisher noch keinem seiner vielen Redenschreiber eingefallen.

»Auch ich«, so Königin Dorothea weiter, »auch ich muss gestehen, dass mich die Idee der Freiheit mit einem derart glühenden Feuer der Begeisterung erfüllt, dass ich kein anderes Verlangen habe, als gemeinsam mit unseren Schwestern und Brüdern aus Krumman und in Vereinigung mit unseren Brüdern und Schwestern aus Blampf der Zukunft zu dienen.«

Die Taramokken jubelten bei diesen Worten ihrer Königin.

Die klugen krummanischen Ratsmitglieder, Landvermesser, Verwalter und Steuereintreiber nickten befriedigt und schauten verächtlich auf die einfältigen und aufgeblasenen blampfischen Ritter hinüber. Mit denen würde man schon fertig werden.

Die blampfischen Ritter in ihren spiegelnden Rüstungen und farbenprächtigen Umhängen schlugen anerkennend die Schwerter gegen ihre gepanzerten Schenkel und schauten verächtlich auf die krummanischen Schreiberlinge und Tintenkleckser hinüber. Mit denen würde man schon fertig werden.

Als der Jubel sich wieder gelegt hatte, ergriff Königin Dorothea erneut das Wort.

»Ihr habt eine lange, beschwerliche und nicht ungefährliche Reise hinter euch, liebe Freunde. Lasst uns eure Ankunft in diesem Lande gebührend feiern. Wir haben für euch eine kleine Wohltat vorbereitet. Tretet heran an dieses bescheidene Gebäude« – sie wies mit einer weit ausholenden Handbewegung auf das frisch lackierte Haus mit den Erkern und Türmchen hinter sich – »und nehmt als kleine Aufmerksamkeit ein erfrischendes Eis zu euch.« Diese Worte waren offenbar als Stichwort gedacht, denn an dem oberen Teil der Fassade des neuen Gebäudes enthüllte sich nun wie durch Zauberhand eine Aufschrift in riesigen, fröhlichen, leuchtend bunten Buchstaben:

KÖNIGIN DOROTHEAS EISSALON

Die Lettern funkelten in der Sonne wie Diamanten.
Nun brach sowohl in den blampfischen wie auch den krummanischen Reihen ungebremster Jubel aus. Nur König Pfumpf und seine engsten Berater sowie der Oberste Ratsvorsteher Krummans und dessen engste Berater blieben misstrauisch. Kam jetzt doch noch eine Falle?

Königin Dorothea klatschte in die Hände. Eine schier unendliche Schlange von Taramokken, allesamt in golddurchwirkte und mit bunten Zeichnungen versehene Gewänder aus Langhaarochsenfell gekleidet, kam aus dem Eissalon herausdefiliert. Jede Person trug eine breite goldene Schale in beiden Händen. Darin lagen die Schätze Taramokkiens. Es war ein überwältigender Anblick, der die Betrachter allesamt einen Moment lang völlig verstummen ließ, sodass man das leise Seufzen des Windes und das Rauschen des Flusses Sindamokk hören konnte.

Die Schalen waren gefüllt mit Speiseeis. Eis von jeglicher Sorte, in allen möglichen Farben, in gebräuchlichen, weniger gewohnten und vollkommen ausgefallenen Kombinationen, in großen und in kleinen Mengen. Es gab Apfel-, Birnen-, Papaya-, Karinokka-, Steinhautfrucht-, Orangen-, Zirimbalen-, Nelken-, Zitronen-, Liraunen-, Melonen-, Knibbelfrüchtchen-, Eisenfinger-, Rosen-, Mandel-, Mindel- und Mundeleis und noch mindestens fünfhundertundsieben weitere Ingredienzen. Es gab Eis in der Gestalt von Kugeln, Quadern, Würfeln, Pyramiden und den kompliziertesten Vielecken, bis hin zum vierdimensionalen multigonalen Ortholinoleum, das es nach Meinung der krummanischen Wissenschaftler gar nicht geben dürfte. Die Luft erfüllte sich mit dem betörenden Duft nie vorher geschmeckter Nuancen – in Rosenwasser eingelegter Nelkensame beispielsweise, oder geriebener Mandelsplitter auf Buttertannengrün, oder Erdbeersahnemousse, mit liriotischem Hundertblattlikör flambiert und in Kristallwasser konserviert. Immer noch kamen taramokkische Eisträger aus dem Eissalon heraus, streuten sich unter die Menge und ermunterten alle und jeden, tüchtig zuzugreifen, es sei noch jede Menge an Vorräten da.

König Pfumpf der Vierundzwanzigste, das Gesicht puterrot, und der Oberste Ratsvorsteher der Freien Republik Krumman, das Gesicht aschgrau, machten einen vergeblichen Versuch, ihre Leute am Eis essen zu hindern.

»Eine Falle!«, schrie der König und schnappte nach Luft.

»Ein Giftanschlag!« japste der Oberste Ratsvorsteher.

Dann beruhigten sie sich jedoch, als sie sahen, dass auch die Taramokken sich kräftig an allen Schalen bedienten, und selbst Königin Dorothea, die nun an ihrer Seite erschien, hatte einen verräterischen hellen Rand um ihre Mundwinkel. Sie schenkte dem Herrscher und dem Ratsvorsteher ein süßes Lächeln.

»Wollen die erlauchten Herrschaften mich nicht in die intimeren Gemächer des Salons begleiten? Dort sind wir ungestört.« Und mit einem Blick auf die besorgten Gesichter der beiden so Angesprochenen beeilte sie sich hinzuzufügen, dass selbstverständlich Begleiter mit oder ohne Waffen genauso willkommen wären, sie sei ganz allein und habe nur ein paar Bedienstete in ihrer Nähe. Diese Zusicherung besänftigte König und Ratsvorsteher, und sie folgten der Königin ins Innere des Eissalons.

War das Gebäude von außen schon ganz ansehnlich, so erwies es sich in seinem Innern als über alle Maßen prächtig. Die Wände waren derart kunstvoll mit golddurchwirkten Strohtapeten verkleidet, dass sie den Eindruck eines reich geschmückten, aber dennoch äußerst gemütlichen Palastes hervorriefen. Überall in den Ecken und entlang der Wände standen Tische, die vollbeladen mit den extravagantesten Eisschöpfungen waren: Eis in der Form von Skulpturen, von Tieren, von lebensgroßen Menschen. Die goldene Luft war erfüllt von den Farben des Regenbogens und wundersamen Düften. Die Königin führte ihre Gäste in einen Nebenraum, und hier gingen ihnen erst recht die Augen über – oder waren es die Nasen? Das, was zu sehen, und das, was zu riechen war, verband sich zu einer unglaublichen sinnlichen Sinfonie, die sowohl König Pfumpf und seine blampfischen Ritter als auch den krummanischen Obersten Ratsvorsteher und seine grauen Schreiber in höchste Verzückung geraten ließ. Vor ihnen stand auf einem niedrigen Tischchen ein maßstabsgetreues Modell von Taramokkien, in tausend Farbtönen und aus tausend Geschmacksnuancen in ebenso vielen Eissorten modelliert. Selbst winzige Menschlein und Langhaaröchslein aus Rosenschokolade fehlten nicht. Unbekümmert ergriff die Königin einen bereit liegenden goldenen Löffel und beförderte beherzt das Abbild ihres eigenen Palastes auf einen goldenen Teller. Bevor sie diesen dem Obersten Ratsvorsteher und König Pfumpf anbot, löffelte sie sich selbst ein großes Stück Eis in den Mund.

»Esch ischt Schitte in... mmmpf, in Taramokkien«, sagte sie, zu den beiden gewandt, »Entschuldigung, wollte sagen: es ist Sitte in Taramokkien, dass sich... mmmmm, wie wundervoll... also dass sich gute Freunde bei einem Wiedersehen ein Stück guten Eises teilen.« Und mit diesen Worten reichte sie Löffel und Teller an die so Angesprochenen weiter.

Die Tatsache, dass die Königin zuerst von dem Eis gegessen hatte, zerstreute bei diesen endgültig die Befürchtungen, man wolle sie vergiften. Sowohl König als auch Oberster Ratsvorsteher nahmen vorsichtig ein Stück taramokkischen Palast in den Mund. Ihre Augen schmolzen dahin.

»Himmlisch«, flüsterte der König. »Erregender als Riesenfanten jagen. Besser als sautierter Jaguru auf Mispelblättern. Leidenschaftlicher als meine Hofkurtisane Nummer 274. Tiefgründiger als... als...« Hier gingen ihm offenbar die Vergleichsmöglichkeiten aus. Er schaute gierig auf die taramokkische Miniaturlandschaft, die vor ihm aufgetischt war, schnappte sich einen bereitliegenden Löffel und begann ohne Umschweife, das sahnebedeckte Schneegebirge mit diesem abzutragen.

»Exquisit«, lobte der Oberste Ratsvorsteher mit verträumter Stimme. »Feuriger als die Ballade von der Freiheit, wie sie dem Blutsauger ein bitteres Ende bereitet. Lieblicher als die Verse Dorids, wie er die Vorzüge seiner Geliebten schildert. Nuancenreicher als die letzte Steuerschätzung.« Er begann, mit einem anderen der bereitliegenden Löffel die grünen, mit Krokant bestreuten Aramnuss-Auen Taramokkiens auszuheben.

Eine Weile lang waren nur konzentriertes Schmatzen und wohliges Stöhnen zu hören. Das Modell Taramokkiens schmolz unter dem konzentrierten Angriff der Königin, des Königs, des Obersten Ratsvorstehers und der blampfischen und krummanischen Begleiter dahin. Schließlich wurden jedoch alle auf ein zunehmendes Stimmengewirr aufmerksam, das mit der warmen Brise durch die geöffneten Fenster von draußen drang. König Pfumpf der Vierundzwanzigste öffnete die Augen und schaute hinaus.

»Was zum krummanischen Teufel...« entfuhr es ihm, doch der Rest des Satzes ging unter in dem wilden Blöken eines reiterlosen vierhöckrigen Kamels, das direkt vor dem Fenster vorbeieilte. Glücklicherweise hatte der krummanische Oberste Ratsvorsteher offenbar nicht genau hingehört, denn er nahm keinen Anstoß an dem mit solcher Vehemenz hervor gestoßenen Fluch. Stattdessen starrte er mit weit aufgerissenen Augen auf das Bild, das sich ihm beim Blick aus dem Fenster darbot.

Eine unüberschaubare Menschenmenge hatte sich mittlerweile auf die grünen Wiesen und die braunen Felsen verteilt. Nur mit Mühe war noch auszumachen, wer langhaarochsenfellbekleideter Taramokke, wer bunt gewandeter blampfischer Ritter und wer graumanteliger krummanischer Schreiberling war – alles, alle waren sie bunt durchmischt und lagerten in einträchtiger Friedsamkeit nebeneinander. Inmitten der Menschentrauben standen große Mengen an goldenen Schalen auf dem Boden, überhäuft mit den fantastischen taramokkischen Eiskreationen. Man unterhielt sich angeregt, scherzte und lachte, wischte sich gegenseitig die Eisränder um die Münder mit der Hand weg, und hier und dort hatten sich kleine Tanzkreise gebildet, in denen unter allgemeiner großer Heiterkeit taramokkische Hüpfkuranten, blampfische Exerziersprünge und krummanische Freiheitsmärsche eingeübt wurden.

Plötzlich kam Bewegung in die Menschenmenge, denn von allen Seiten drängten auf einmal große, dunkle Tiere heran: taramokkische Langhaarochsen und vierhöckrige Kamele, Krummhornschafe und Bergziegen, blampfische Schlachtrosse und als Zugtiere genutzte, gezähmte krummanische Waldfanten. Menschen sprangen erschreckt auf, rannten durcheinander, klammerten sich aneinander und an das Fell der vorbei hastenden Tiere, die nur ein Ziel zu kennen schienen: Königin Dorotheas Eissalon.

»Ach du meine Güte«, erschrak Königin Dorothea beim Anblick des fürchterlichen Durcheinanders. »Ich fürchte, meine Bediensteten haben das Umanbeereneis hervorgeholt. Na, jetzt ist nichts mehr zu machen. Hoffentlich bekommen wir noch was ab, bevor die Viecher alles auffressen.«

In der Tat, die Tiere drängelten sich um einige besonders große Eisplatten, die gerade von taramokkischen Bediensteten ins Sonnenlicht gebracht wurden. Erschreckt ließen diese alles fallen, als sie die dunkle Mauer aus Tierleibern auf sich zu branden sahen, und im Nu waren die Schalen von Hunderten von großen Leibern verdeckt. Die blampfischen Schlachtrosse, von denen einige noch ihren Reiter hinter sich her schleiften, waren besonders eifrig und rücksichtslos bei dem Versuch, in dem Gedränge ein Stück Umanbeereneis abzubekommen. Glücklicherweise scheuten sich die anderen Tiere, auf am Boden liegende Menschen zu treten, und so wurde keinem der mitgeschleiften Ritter größeres Leid angetan als die Tatsache, dass sie als einzige unter den versammelten Menschen keine Chance hatten, auch nur ein winziges Stückchen Umanbeereneis zu erhaschen.

Die Türe zu dem Nebenraum, von dem aus Königin Dorothea mit ihren Gästen die Vorkommnisse beobachtet hatte, wurde aufgestoßen, und eine Bedienstete trat mit einem kleinen Goldtablett herein. Einige wenige kümmerlich aussehende und abstoßend grünlichblau schillernde, schleimige Eisklumpen lagen darauf. Die Bedienstete musste gegen Tränen ankämpfen.

»Majestät«, schluchzte sie, »das ist alles, was vom Umanbeereneis übriggeblieben ist...«

Ihre Stimme versagte. Königin Dorothea strich ihr mitfühlend durchs Haar.

»Ist schon gut«, tröstete sie. »Das reicht auf alle Fälle, um einen Eindruck zu bekommen.«

Sie nahm der Bediensteten die Schale ab, schob sich selbst einen kleinen Löffel Umanbeereneis in den Mund und reichte mit einem über alle Maßen verzückten Lächeln den ganzen Rest an ihre Gäste, die nicht recht wussten, ob sie sich an die so unappetitlich aussehende Speise überhaupt wagen sollten.

Sieht aus wie Erbrochenes, dachte sich insgeheim König Pfumpf der Vierundzwanzigste und schüttelte sich. Riecht wie fauliges Gemüse mit vergammeltem Fisch, durchschauerte es den Obersten Ratsvorsteher. Aber sollten sie sich tatsächlich gegenüber dieser naiven, dummen, kindischen Königin eine Blöße geben?

Der Oberste Ratsvorsteher der Freien Republik Krumman traute sich als erster. »Für die Freiheit!«, deklamierte er und nahm einen Löffel Umanbeereneis. Kaum hatte er das Eis in den Mund geschoben, als er auch schon mit geschlossenen Augen und einem engelhaften Ausdruck zu Boden sank. »Die Freiheit... die Freiheit...« waren seine letzten Worte für die nächste Viertelstunde.

König Pfumpf folgte als nächster. »Schöner als... besser als... tiefer als...«, flüsterte er, aber nun waren ihm die Vergleichsmöglichkeiten endgültig abhanden gekommen. Es fielen ihm auch keine ein, als eine Viertelstunde später dieser glückselige Zustand ein allzu frühes und zutiefst trauriges Ende fand, weil nun das Umanbeereneis tatsächlich und unwiderruflich ausgegangen war.

Als Königin Dorotheas Gäste wieder im Voll- oder zumindest Halbbesitz ihrer Sinne waren und draußen vor dem Eissalon sich die unbeschreiblichsten Szenen der Verbrüderung und Verschwisterung zwischen Taramokken, blampfischen Rittern, krummanischen Graugekleideten und sämtlichen anwesenden Tierarten abspielten, seufzte die Königin tief auf, leckte genüsslich die letzten schaumigen Reste von Umanbeereneis von den kirschroten Lippen und wandte sich an König Pfumpf den Vierundzwanzigsten.

»Mein König und Gebieter«, sagte sie und verneigte sich tief. Zum Obersten Ratsvorsteher der Freien Republik Krumman gewandt, ließ sie sich in einem graziösen Knicks nieder. »Meine freiheitliche Erhabenheit.« Sie fasste beide scharf ins Auge.

»Ich glaube, meine Ewiggeliebten, deren Ratschluss ich mich willig in alle Ewigkeiten unterwerfe, ich glaube, die Zeit ist gekommen, unsere Gedanken über einige unwichtige geschäftliche Dinge auszutauschen.«

*****

Die schneebekrönten Gipfel, die das grüne Tal von Taramokkien umgaben, warfen ihre langen Schatten bis an die Ufer des Sindamokk. Der Eissalon war bereits von der Dunkelheit verschluckt worden, doch eine große Zahl bunter Öllampen, die sein Inneres erleuchteten, verlieh ihm das Aussehen eines verwunschenen Märchenschlosses. Es war kühl geworden, doch dies tat der fröhlichen Stimmung der großen Menschenmenge keinen

Abbruch. Hunderte von Zelten in allen Größen waren wie leuchtende Pilze in weitem Umkreis empor gewachsen, von den kleinen Kuppeln taramokkischer Hirten bis zu den stattlichen krummanischen und blampfischen Mannschaftszelten. Krummaner, blampfische Ritter, Taramokken – sie alle lagerten bunt gemischt an den vielen Feuern, die die Dämmerung erhellten, erzählten sich Witze und Geschichten wie die von Prinz Umpf von Blampf und seiner Verlobten, der Prinzessin Diliandra von Taramokkien, und sangen zum wiederholten Male gemeinsam die krummanische Ballade von der entfesselten Freiheit (alle 87 Strophen). Noch immer trugen erschöpfte Bedienstete aus den Vorratsräumen des Eissalons neue Eiskreationen herbei, doch an manchen Lagerfeuern war man zu einer rustikaleren Kost übergegangen. Hier gab es sauer eingelegtes Steinhasenragout nach Art der blampfischen Flussschiffer zusammen mit taramokkischer Karamak in Bergziegensülze, krummanische Freiheitspastete gefüllt mit taramokkischen pochierten Wachteleiern und zum krönenden Abschluss die legendäre krummanische Vielfleischsuppe. Satt und zufrieden zog man sich in die Zelte zurück, ein jeder und eine jede in dasjenige, das gerade am nächsten stand, und so verbrachten Besatzer, Vereiniger, Besetzte und Befreier ihre erste Nacht in zwangloser Mischung gemeinsam unter den gleichen Zeltdächern. Nacheinander erloschen die Feuer, die Stille des Abends senkte sich herab, und über den weißen Gipfeln erschien das viel gewaltigere Dach des Sternenzeltes, das sich weit über Taramokkien, Blampf und Krumman hinweg ausbreitet.

Nur der Eissalon blieb noch hell erleuchtet, und eifriges Stimmengewirr ließ sich aus einem Nebenraum vernehmen. Hier legten bei einem guten Essen und einer erneuten Portion Eis der Oberste Ratsvorsteher, König Pfumpf der Vierundzwanzigste und Königin Dorothea im Beisein einiger weniger Berater auf allen Seiten die Zukunft Taramokkiens fest. Die wichtigsten Punkte waren bereits frühzeitig geklärt worden. Über den genauen Verlauf der zukünftigen Grenze zwischen Blampf und Krumman, der der vorherigen Verabredung gemäß entlang dem Fluss Sindamokk laufen sollte, konnten sich König Pfumpf und der Oberste Ratsvorsteher schnell einigen. Königin Dorothea mischte sich hier gar nicht ein und war sogar mit detaillierten Karten behilflich, in denen die beiden betroffenen Parteien die Grenze mit einem dicken roten Strich markierten. Gegen die mehr oder weniger deutlichen Anspielungen, dass sie nun selbstverständlich als Königin abzudanken habe – denn Taramokkien existierte als eigenständiges Gebilde nicht mehr, und eine Königin ohne Königinreich kann es nun einmal nicht geben – erhob sie keine Widerrede. Aufgrund ihrer unbestreitbaren Verdienste an diesem Tag verlieh ihr der Oberste Ratsvorsteher in einem Akt spontaner

Entschlossenheit den Titel »Erste Freundin der Freiheit«, woraufhin König Pfumpf nicht zögerte und sie als Herzogin von Taramampf in den königlichen Haushalt aufnahm.

Auch in der Diskussion über die zukünftigen Lieferungen von Gold aus Taramokkien nach Blampf und Krumman erwies sich die Ex-Königin als äußerst hilfreich, da sie bereitwillig Auskunft gab über die zu erwartenden Fördermengen und Vorschläge unterbreitete, auf welchem Wege die Ware am schnellsten über die trennenden Gebirgskämme zu transportieren sei. Die Stimmung wurde immer gelöster, je mehr sich zeigte, dass es – zumindest am heutigen Abend – keinerlei Streitpunkte zwischen Blampf und Krumman zu geben schien.

Schließlich, gerade als man es sich bei einem Gläschen Salimbeerenlikör gemütlich machen wollte, kam der Ex-Königin eine letzte Idee, wie die Bande zwischen Blampf und Krumman noch verstärkt werden konnten. Sie schlug vor, in den größeren Städten sowohl von Krumman als auch von Blampf Eissalons aufzumachen, in denen taramokkische Händlerinnen und Händler taramokkisches Speiseeis verkaufen sollten.

»Umwerfend!«, platzte es voller Freude aus König Pfumpf. »Fantastische Idee!« Er vergaß vor Freude vollkommen seine sonstige Gewohnheit, gute Ideen sofort als die eigenen auszugeben.

»Scharfsinnig und klug gedacht!« Der Oberste Ratsvorsteher nickte leicht, rückte seine Brille mit Goldrand zurecht und rang sich ein dünnes Lächeln ab, was Ex-Königin Dorothea richtig als die höchste Geste der Anerkennung interpretierte, derer er fähig war.

»Der Rat der Freien Republik Krumman«, fügte er sofort hinzu, »ist selbstverständlich bereit, zur Förderung dieses Unternehmens 51% des Risikokapitals zu übernehmen.«

König Pfumpf wollte bei diesen Worten bereits seine Zustimmung geben, als einer seiner Berater sich zu ihm nieder beugte und ihm einige Dinge ins Ohr flüsterte. Der König nickte heftig und verkündete sodann mit lauter Stimme: »Dem Königreich Blampf wird es eine Ehre sein, die tapfere Freie Republik von dieser edlen Verpflichtung zu erlösen. Wir übernehmen selbstverständlich 51% des Riskpapitals.«

Wieder beugte sich der Berater über das königliche Ohr, worauf König Pfumpf seine Erklärung wiederholte, es aber dennoch nicht schaffte, das ungewohnte Wort »Risikokapital« richtig auszusprechen. Niemand im Raum verzog eine Miene. Der Oberste Ratsvorsteher nahm umständlich seine Brille ab und setzte sie wieder auf. Ex-Königin Dorothea schaute angestrengt hinab auf ihre zierlichen Schuhe.

Es entspann sich nun, nach aller Friedlichkeit der bisherigen Verhandlungen, dennoch eine kleine Auseinandersetzung zwischen Blampf und Krumman, wer die Ehre haben dürfe, das größere finanzielle Risiko einzugehen. Schließlich machte Ex-Königin Dorothea den einleuchtenden Vorschlag, für die Finanzierung des Unternehmens überhaupt keine Mittel aus Blampf und Krumman selbst abzuziehen, sondern einfach die zukünftigen Goldlieferungen aus Taramokkien dafür zu nutzen. Das Gold gehöre von nun an sowieso Blampf und Krumman, aber auf diese Weise würde eine direkte Kollision finanzieller und wirtschaftlicher Interessen vermieden. Sie erläuterte anschließend in aller Demut die Möglichkeit, für dieses lobenswerte Unterfangen ein Unternehmen zu gründen, das gemeinsam von Blampf und Krumman beaufsichtigt und von Taramokken – Verzeihung, ehemaligen Taramokken – betrieben werden sollte. Selbst der in geschäftlichen Dingen geschulte Verstand des Obersten Ratsvorstehers hatte Mühe, den feinen logischen und betriebswirtschaftlichen Verästelungen in der Darlegung der Ex-Königin zu folgen, aber es ergab alles einen Sinn und war sowieso nur eine nebensächliche Sache. So wurde man sich einig und der Abend fand doch noch zu einem gemütlichen Ausklang, bis die Berater und Beraterinnen schlafen gegangen waren und nur noch Ratsvorsteher, König und Ex-Königin sich angeregt über die große Vergangenheit, die bemerkenswerte Gegenwart und die leuchtende Zukunft unterhielten.

Als die drei aus dem Eissalon traten, in dem nacheinander die Öllampen ausgegangen waren, funkelten tausend tausend Sterne über ihren Häuptern wie kleine, harte Glasperlen. Die schneebedeckten Bergriesen schienen im Sternenlicht wie mit einem inneren Feuer zu glühen. Ergriffen standen die drei in der Dunkelheit, bis die Ex-Königin erneut das Wort ergriff.

»Es scheint, als wären alle Zelte bereits belegt«, bemerkte sie mit einem prüfenden Blick in das weite Talrund. »Es ist Sitte bei uns, dass gute Freunde, wenn sie zu Besuch sind, die erste Nacht unter einem gemeinsamen Zeltdach verbringen.«

Sowohl König Pfumpf als auch der Oberste Ratsvorsteher beeilten sich, der Ex-Königin zu versichern, dass sie sich glücklich schätzen würden, wenn sie sich in ihren jeweils eigenen herrschaftlichen Zeltresidenzen einfände, die stehen dort, nein, dort hinten... oder so... oder doch nicht?... oder wo? Doch Ex-Königin Dorothea steuerte bereits auf eine kleine taramokkische Hirtenjurte zu, durch deren aufgeschlagene Eingangsklappe der Glanz der Sterne das leere Innere beleuchtete.

Für Ex-Königin Dorothea, die taramokkische Hirtenjurten gewohnt war, wurde es eine geruhsame Nacht; für ihre beiden Begleiter hätte man dies kaum behaupten können. Der Oberste Ratsvorsteher der Freien Republik Krumman, dem körperliche Nähe zu anderen Menschen ein Gräuel war, drückte sich an eine Seite der Jurte und litt die halbe Nacht an akuter Langhaarochsenfell-Allergie. Doch wie hätte er seinem Rivalen, diesem aufgeblasenen königlichen Blutsauger, das Feld überlassen können? König Pfumpf schlief ebenfalls wenig und unbequem, da aufgrund seiner Körpergröße seine Beine nach draußen ragten, sodass sie mehrmals in der Nacht von Bergziegen angeknabbert wurden. Aber auch er wagte es nicht, sich vor seinem Rivalen, jenem zwiebelgesichtigen Schreiberling, eine Blöße zu geben.

So endete dieser denkwürdige erste Tag der Vereinigung/Befreiung/Besetzung Taramokkiens. Noch Jahre später konnten die Beteiligten ihren Kindern und Kindeskindern mit Stolz und Begeisterung von den ungewöhnlichen Ereignissen erzählen; wobei sich – je nach Zugehörigkeit des Erzählers oder der Erzählerin – entweder noch mehr Stolz oder auch eine gewisse Wehmut in den Bericht zu mischen pflegte.

Noch während die ersten Goldlieferungen aus Taramokkien nach Blampf und Krumman auf den Weg gebracht wurden, die ersten blampfischen Truppen sich im Palast der Ex-Königin einrichteten und die krummanischen Landvermesser und Steuerschätzer auch nur zur Hälfte ihre Aufgabe vollendet hatten, schossen in allen größeren blampfischen und krummanischen Städten gemäß der nächtlichen Vereinbarung taramokkische Eissalons empor. Sie wurden zu einem ungeahnten Erfolg. Nicht nur, dass die Einwohnerschaft beider Reiche sich hemmungslos der für sie neuartigen Mode des Eisessens hingab; nein, die Begeisterung für die taramokkischen Schätze erstreckte sich auch auf die als Haus- und Nutztiere genutzten Tiere. Die berittenen Abteilungen der blampfischen und krummanischen Armeen beispielsweise mussten sehr schnell zu ihrem Leidwesen erfahren, dass ohne eine konstante Zufuhr von taramokkischem Speiseeis von nun an kein Pferd und kein Reitfant mehr zu einem Einsatz zu bewegen war.

Durch diesen durchschlagenden Erfolg kehrte sich sehr bald der Strom von Gold und Wertsachen, der von Taramokkien in die beiden Nachbarreiche zu fließen begonnen hatte, vollkommen um. Aufgrund der von Ex-Königin Dorothea vorgeschlagenen Struktur der Eisgesellschaft, in deren Aufsichtsgremien blampfische und krummanische Interessen einander genau neutralisierten, während Taramokken die Arbeit machten und die Zügel in die Hand nahmen, hatten die tüchtigen Taramokken in Kürze wichtige Teile der blampfischen und krummanischen Wirtschaften unterwandert. König Pfumpf der Vierundzwanzigste benötigte Geld für den Bau des 238. Turmes seines Palastes? Kein Problem – die taramokkischen Arbeiter der Eisgesellschaft gaben einen Kredit. Der Rat der Freien Republik Krumman war gezwungen, endlich das ehrgeizige, aber unausweichliche Projekt der Verlegung der Hauptstadt in Angriff zu nehmen, ohne über das nötige Kleingeld zu verfügen? Kein Problem – die taramokkischen Arbeiter der Eisgesellschaft finanzierten die Bauarbeiten. Keine Entscheidung, die die vitalen Interessen der beiden großen Reiche berührte, wurde mehr gefällt, ohne dass die Einwilligung der taramokkischen Geldgeber vorlag. Es lief alles wie am Schnürchen.

Drei Monate nach der Vereinigung beziehungsweise Befreiung beziehungsweise Besetzung Taramokkiens versuchte Krumman gemäß seinen geheimen Plänen, Zölle auf den Transport von Waren von Taramokkien nach Blampf zu erheben. Als im Gefolge dieser unfreundlichen Maßnahme aus nicht ganz geklärten Gründen die Versorgung von Krumman mit taramokkischem Eis litt, wäre es dort fast zum Volksaufstand gekommen. Dem weisen Rat der Ex-Königin Dorothea und jetzigen »Ersten Freundin der Freiheit« folgend, wurden die Pläne vorerst ausgesetzt, sodass sich die Lage wieder beruhigen konnte. Als die krummanischen Steuerschätzer ihre Arbeit in Taramokkien beendet hatten, begannen sie, bezahlt mit taramokkischem Geld, ihre Arbeit in der Freien Republik Krumman selbst fortzuführen mit dem Ziel, die Ströme an Steuern über das Gebirge nach Taramokkien zu leiten. Und als König Pfumpf der Vierundzwanzigste von Blampf die Zeit für gekommen hielt, auch den jetzt krummanischen Teil des früheren Taramokkiens seinem Reich einzuverleiben, führte auch dort ein kurzzeitiger Versorgungsengpass der blampfischen Truppen mit Eis dazu, dass von diesen Plänen schnellstens wieder Abstand genommen werden musste.

Ein Jahr nach der Vereinigung beziehungsweise Befreiung beziehungsweise Besetzung fanden große und feierliche Gedenkfeiern im grünen Tal Taramokkiens statt. Denkmale wurden enthüllt, und erneut kam es zu einem riesigen Eis-Fest vor dem ersten Eissalon, der weiterhin Königin Dorotheas Namen trug. Mittlerweile hatten die meisten blampfischen und krummanischen Truppen das Tal bereits wieder verlassen, weil die Versorgung mit Speiseeis daheim nun als gesichert gelten konnte und die Eisgesellschaft bedeutet hatte, dass es leichter wäre, die Eisproduktion zu steigern, wenn die taramokkischen Arbeiter möglichst wenig bei ihrer Arbeit gestört würden.

Zwei Jahre nach der Vereinigung beziehungsweise Befreiung beziehungsweise Besetzung Taramokkiens waren die Taramokken wieder weitgehend unter sich. Königin Dorothea trug inoffiziell erneut ihren früheren Titel und war ein gern gesehener und hoch geschätzter Gast sowohl am blampfischen Hof wie auch vor der krummanischen Ratsversammlung, wo sie stets um Rat bei der Beilegung von Streitigkeiten gefragt wurde. Der Aufbau von Krummans neuer Hauptstadt, finanziert mit taramokkischem Geld, war in vollem Gange. Königin Dorothea hatte überdies ein Konzept entwickelt, wie der Bergbau in dem riesigen

Loch, das die jetzige krummanische Hauptstadt zu verschlingen drohte und an dessen Stelle sich früher das Achatgebirge erhoben hatte, einzuschränken sei. Dieser Plan trug ihr die unsterbliche Sympathie breiter Kreise der krummanischen Bevölkerung ein, rettete er doch eine der schönsten Städte der Welt, die alte Hauptstadt Krummans, deren weiße Türme inmitten von Palmenhainen sich in einem kreisrunden, goldglänzenden See spiegelten.

So lebten die Taramokken wieder weitgehend ihr früheres Leben. Für die Bewohner des Königreiches Blampf und der Freien Republik Krumman hingegen hatten sich die Zeiten eher gebessert, denn eine ungeahnte Welle des Friedens und des Wohlergehens ergriff alle drei Reiche – und war nicht durch die Eissalons und deren taramokkische Schätze eine neue Dimension an zivilisatorischem Standard erreicht worden?

*****

Manchmal, wenn Königin Dorothea mit ihren Beraterinnen und Beratern, mit Hirten und Hirtinnen in dem berühmten Eissalon sitzt, auf den Knien ein Teller mit Pinnawurzel-Eis und Honigsahne, erscheint es ihr wie ein Traum, wie die große Gefahr von dem glücklichen Taramokkien hatte abgewehrt werden können. Dann bleibt sie einen Moment lang ganz still, schaut hinaus auf die weißen, roten und grünen Gipfel des Grenzgebirges, über das wattebauschige Wölkchen ziehen, und hängt ihren Gedanken nach.

Meistens finden diese meditativen Pausen ein Ende, wenn jemand sie anstößt und fragt, ob sie nicht noch ein Löffelchen Papaya-Cherimoya-Salimbeeren-Creme wünsche.

Manchmal kommt es gar nicht so weit, weil ein vierhöckriges Kamel oder ein Langhaarochse sich durch eines der geöffneten Fenster hineinbeugt und Königin Dorotheas Eisteller mit einem einzigen schlabbernden Lecken seiner großen Zunge säubert.

Manchmal jedoch, wenn weder das eine noch das andere geschieht, beginnt ihr Gesicht nach einer Weile mit einem Lächeln zu leuchten. Man störe sie nicht in diesem Augenblick.

Dann ist ihr nämlich gerade ein neues Eisrezept eingefallen.

Königin Dorothea und die 50-Jahres-Blume

Wenn man mit einem kleinen Segelboot von der Küste des Mironesischen Meeres aus die breite Mündung des Flusses Sindamokk hinauf segelt, so durchquert man zuerst mehrere Tage lang auf der Reise nach Norden die Ebene von Galimandrien, ein fruchtbares Auenland, auf dem große Herden wohlgenährter Rinder weiden. In den weitläufigen Wäldern, die zeitweise den Lauf des Flusses begleiten, haust noch der Graue Riesenfant; große Schwärme von Wasservögeln folgen dem kleinen Boot, das die breiten Flussschlingen des träge dem Meer entgegen fließenden Flusses stromaufwärts durchsegelt, und knorrige Weiden lassen ihre reich beblätterten Zweige im Wasser treiben. Gelegentlich tauchen an den Ufern Dörfer und kleine Städte auf, die Häuser mit frischer Farbe bemalt und die Straßen von bunt gekleideten, fröhlichen Menschen bevölkert, deren Lachen sich mit dem betörenden Duft von Jasmin und Krimmelblumen mischt.

Nach einigen Tagen gemächlicher Fahrt flussaufwärts durch diese friedliche Landschaft gelangt der auf dem kleinen Segelboot Reisende an die so genannten Tore des Riesen Minmakks: steile Felswände, die sich beiderseits des Flusses Hunderte von Metern senkrecht in den blauen Himmel erheben und den Fluss Sindamokk auf einer längeren Strecke in einen reißenden Gebirgsstrom verwandeln. Eine Fahrt auf diesem Abschnitt des Flusses erfordert höchste Anstrengungen seitens der Besatzung, denn flussabwärts fahrende Schiffe schießen mit großer Geschwindigkeit über Stromschnellen und an bedrohlich aus dem schäumenden Wasser aufragenden Felsen vorbei, während flussaufwärts fahrende Gefährte an langen Leinen von Langhaarochsen gezogen werden müssen, die auf einem schmalen Saumpfad zu Füßen der Felswände angetrieben werden.

Nach einiger Zeit jedoch erweitert sich die Schlucht, die hohen Felswände treten zurück und geben den Blick in ein breites Tal inmitten zweier hoher Gebirgszüge frei, auf dessen sonnenüberfluteten grünen und braunen Weiden Herden von Krummhornschafen und Bergziegen, vierhöckrigen Kamelen und Langhaarochsen von Hirten und Hirtinnen auf kleinen, stämmigen Gebirgsponys beaufsichtigt werden. Im Sommer, wenn die Sonne das Tal mit flirrender Hitze erfüllte, verströmen die niedrigen Bäume zu Füßen der beiden Grenzgebirge einen Duft nach Zitrone und Zimt, der in der lauen Luft bis an die Ufer des Sindamokk getragen wird. Im Winter gefrieren die gleichen Bäume zu einer Mauer aus leise klirrenden Eisfiguren, die die eisigen Fallwinde und die Lawinen, die von den Berghängen herabstäuben, daran hindern, in die weite Ebene des Flusses vorzudringen. Der Fluss selbst ist im Winter alles andere als blau, denn der Frost bedeckt seine Oberfläche mit milchgrauem Eis und kleidet seine Ufer in Bärte aus durchsichtigen Eiszapfen, die die Kinder der Hirten unter lautem Johlen abbrechen und für Schwertkämpfe benutzen.

Dieses Tal ist das friedliche Tal von Taramokkien, das bewohnt ist von armen, aber glücklichen Menschen. Arm sind sie, weil ihre Häuser aus Holz, Lehm und Stroh gebaut sind und sie sich nichts Aufwändigeres leisten konnten, obwohl sie den ganzen Tag hindurch harte Arbeit leisten. Glücklich sind sie, weil Königin Dorothea über sie herrscht. Königin Dorothea wohnt in einem mehrstöckigen, weitläufigen Palast, der seinerseits ebenfalls aus Holz, Lehm und Stroh gebaut und daher gar nicht so anders ist als die Häuser auch der ärmsten Bewohner ihres Königinreiches – nur dass den Strohtapeten im Palast Goldfäden beigemischt sind. Schließlich muss ein Palast ja doch ein wenig repräsentativ aussehen.

Auf dieses schöne Tal wurde eines Tages im fernen Inselreich Dirnab der weise Gelin aufmerksam, ein großer Gelehrter, dessen Schriften und Lehrsätze zum Standardrepertoire aller Schulen und Universitäten seiner Heimat gehörten. Gelin verbrachte seit geraumer Zeit seine Tage damit, das gesamte Wissen seiner Zeit in systematischer Form zu kompilieren. Er war zu dem Ergebnis gekommen, dass ihm im Leben keine andere Aufgabe mehr blieb, denn hatte er nicht bereits die ultimativen Weisheiten des Universums entschlüsselt? War nicht sein durchdringender Intellekt so tief in den Kern aller Existenz eingedrungen, dass es keine Erkenntnis mehr gab, zu der er nicht bereits gelangt war und die er nicht schon der restlichen Welt erschlossen hatte? Allenfalls die übrig gebliebenen Reste simplen Wissens forderten ihn noch heraus, die Hunderttausenden von Fakten und Informationen und Daten, zu deren Verständnis es nicht mehr seines philosophischen Scharfsinns bedurfte, sondern nur noch seiner weltweit unübertroffenen Fähigkeit zum Sammeln und Ordnen und Katalogisieren. So würde er neben seiner bereits erfüllten Rolle als Welterklärer auch noch die diejenige des Weltenarchivars erfüllen, und der Tag war nicht mehr fern, an dem es der ganzen Welt ausreichen würde, nur noch seine Schriften zu lesen.

Gelin hatte sich ans Werk gemacht und ganz systematisch in seiner großen Enzyklopädie allen Wissens der Welt mit dem Buchstaben A angefangen. Seine unübertroffen profunden Artikel zu den Stichworten Aaaabische Wolke, Aaabanal und Aaabbaxinien füllten bereits mehrere voluminöse Bände, doch seit einiger Zeit hatte er sich an dem nächsten Stichwort festgebissen: der Aababa-Blume. Und hier kam er nicht mehr so recht vom Fleck.

Hatte er für »Aaabanal« noch Hunderte Quellen wissenschaftlicher Literatur auswerten können, so standen ihm trotz eifrigster Recherche für die Aababa-Blume nur wenige volkskundliche und halb wissenschaftliche Überlieferungen zur Verfügung.

»Die Aababa-Blume«, so hieß es beispielsweise in der Sammlung der Sagen und Erzählungen aus Oromand, »wächst in undurchdringlichen Sümpfen am Fuß der Gelben Berge und trägt eine kleine gelbe Blüte. Sie heilt zuverlässig jegliche Krankheit, aber obwohl eine einzige Blüte mehr wert ist als ein Sack voll Gold, kann man sie mit keinem Reichtum der Welt kaufen, da die Sümpfe, in denen sie wächst, wie oben bereits gesagt eben undurchdringlich sind. Daher hat auch niemand sie je zu Gesicht bekommen.«

Oder aus dem mittelalterlichen Kräuterbüchlein von Heinrich dem Pillendreher: »Die Aababa-Blume ist ein gar nutzbringend Krauth, also wachset in allerlei Triften und Fluren und gar heilsam zur Bannung allerley Leids. Sie blühet karmesinroth und in allerley Landen, ward aber nie gefunden am Fuße der Gelben Berge.«

Ein Volkslied aus dem Königreich Blampf beschrieb einen Liebeszauber aus der blauen Blüte der Aababa-Blume, die an einem hohen Baume wachse, machte aber keine Aussage, wo diese Bäume denn gediehen.

Und so ging es weiter. Mal war die Aababa-Blume klein und grün, mal groß und violett, mal diente sie Waldfanten als Nahrung, mal wurde ihr nachgesagt, sie sei für Mensch und Tier stets giftig. Der weise Gelin verlor zunehmend seine sonst schier unerschöpfliche Geduld.

Endlich stieß er bei einem Besuch in einem Buchladen, der neben schaufensterfüllenden Auslagen von Gelins eigenen Werken auch eine kleine Abteilung für Nicht-Gelin-Literatur unterhielt, auf einen dicken, ehrwürdigen Lederband, in dem eine alte Beschreibung des fernen Tales von Taramokkien enthalten war. Beim willkürlichen Durchblättern fuhr er auf einmal wie elektrisiert auf, denn sein unvergleichlich scharfer Blick war an einem kleinen Absatz hängen geblieben.

»Unter den vielen Seltenheiten in der wild wachsenden Flora Taramokkiens«, stand da geschrieben, »ist zweifellos die Aababa-Blume mit Abstand die größte. Ihre natürlichen Standorte sind auf wenige windumtoste Felsen in den höchsten Gipfeln der Grenzgebirge Taramokkiens beschränkt.« Es folgte eine einigermaßen brauchbare Beschreibung der Pflanze, die als klein und unscheinbar beschrieben wurde. »Selten bekommt man die Aababa-Blume an ihrem Originalstandort zu sehen«, fuhr der Text fort, »denn sie wächst unterirdisch und ernährt sich von den Säften anderer Pflanzen. Exakt alle 50 Jahre nur treibt sie eine kleine Blüte von berückender Farbe und berauschendem Duft, die nur kurze Zeit zu sehen ist; danach verbirgt sie sich, bis sie nach weiteren 50 Jahren erneut erblüht.«

Es folgten einige klein geschriebene weiteren Hinweise, die jedoch allesamt so vage blieben wie die Quellen, die Gelin bereits kannte, worauf der Text unvermittelt auf die Beschreibung der Anlage taramokkischer Gärten überging. Das interessierte ihn weniger, denn die Stichworte »Garten« und »Taramokkien« würde er ja erst viel später in Angriff nehmen.

Gelin notierte sich eifrig den ganzen Absatz und eilte in Hochstimmung nach Hause. Hier nun endlich hatte er eine Quelle, die mit großem Abstand wissenschaftlicher, detaillierter und sehr viel nachprüfbarer war als alle anderen Quellen zusammen. Und nachprüfen musste er sie schon, denn die Angaben zum Lebensraum der Aababa-Blume in Taramokkien kamen ihm immer noch zu ungenau vor. Nein, wenn ihr Vorkommen nur auf wenige Felsen in den Gebirgen Taramokkiens beschränkt war, dann wollte er diese Felsen wenigstens genau lokalisieren. Und das bedeutete – eine Reise!

So kam es, dass eines schönen Sommertages der weise Gelin ein kleines Segelschiff bestieg, das ihn in einer längeren, aber kurzweiligen Reise vom Inselreich Dirnab an die südlichen Gestade des Mironesischen Meeres, den Fluss Sindamokk hinauf durch die Ebene Galimandrien und die Tore des Riesen Minmakk bis in das grüne und friedliche Herz Taramokkiens trug. Dort ging er unter einem blauen Himmel mit bauschigen weißen Wölkchen an Land und machte sich sogleich auf die Suche nach jemand, der ihm den Weg bis zu den höchsten Felsen der Grenzgebirge Taramokkiens würde weisen können.

Nachdem er dem Treiben im Hafen der kleinen Ortschaft, in der er an Land gegangen war, eine Weile lang zugeschaut hatte, sprach er einen einigermaßen ehrlich aussehenden Hirten mit breitem Gesicht und fettigen Haaren an, dessen weitem Mantel aus Langhaarochsenfell ein muffiger Geruch entströmte.

»Was wollt Ihr denn da oben?«, fragte der Hirte, nachdem ihm Gelin sein Anliegen erläutert hatte.

»Ich bin Geomantiker und Lapignostiker«, antwortete Gelin kühl, denn er hatte sich vorgenommen, niemandem von dem wahren Zweck seines Vorhabens zu erzählen. Er wollte unbedingt vermeiden, dass ihm jemand zuvorkommen könnte, der gesamten Welt die wahren Standorte der Aababa-Blume mitzuteilen.

»Ich benötige einige petrozinastische Daten, die ich nur unter den Bedingungen eines hyperelevationalen Transektes mit oblimistischen Konfidenzkriterien finden kann.«

Der Hirte kratzte sich am Kopf und kniff die Augen zusammen.

»Ich bin nur ein einfacher Hirte von Langhaarochsen«, erwiderte er bedächtig, »aber mir scheint, dass Ihr das eher erreichen würdet, wenn Ihr eine stratonomische Optisation mit anschließender vergolanischer Reziprostation durchführen würdet. Aber mir soll's egal sein. Ich kann Sie dahin bringen, für 20 Mikkmakks. Zahlt Ihr in bar?« Und er hielt dem etwas irritierten Gelin die Hand zum Einschlagen hin, um das Geschäft zu besiegeln.

20 Mikkmakks wechselten ihren Besitzer, der Hirte hielt Wort, und wenige Stunden später schon fand sich Gelin auf dem Rücken eines vierhöckrigen Kamels, das ihn beim Laufen aus den Augenwinkeln unverwandt anzustarren schien. Gelin war über die primitiven Umstände dieses Teils seiner Reise nicht sehr glücklich, aber die erwartungsvolle Spannung, bald vielleicht eine der sagenumwobenen Aababa-Blumen mit eigenen Augen zu sehen, ließ ihn über den strengen Geruch des Kamels und die Unbequemlichkeit seines Sitzes in der schaukelnden Kuhle zwischen den vier Höckern hinwegsehen.

Es dauerte den ganzen nächsten Tag, bis die kleine Karawane die mittleren Höhen des westlichen Grenzgebirges erreicht hatte, und je mehr sich der Gipfelgrat aus dem sonnendurchfluteten Dunst schälte, desto mehr beschlich den weisen Gelin das Gefühl, dass seine Mission doch nicht so ganz einfach sein könnte, wie er sich das gedacht hatte. Unter den höchsten Felsen der Grenzgebirge, die in jener alten Schrift als natürlicher Standort der Aababa-Blume genannt worden waren, hatte er sich einige wenige, eindeutig erkennbare, weit emporragende Gipfel vorgestellt. Nun musste er jedoch erkennen, dass das Grenzgebirge keine deutlich hervorstehenden Felsspitzen aufwies, sondern in einem über lange Strecken ziemlich gleich hohen Grat seinen Abschluss fand, der wiederum mit Tausenden von Felsen bestückt war. Wie sollte er in diesem Felslabyrinth die Aababa-Blume finden, wenn sie so selten war, wie es in der alten Beschreibung geheißen hatte?

Als er sich endlich am Abend des folgenden Tages knapp unterhalb des Gipfelgrates von seinem Führer verabschiedete, hätte er ihn fast doch noch nach der Aababa-Blume befragt, doch er besann sich eines Besseren. Was wusste ein einfacher Hirte denn von der komplizierten Naturgeschichte seines Landes? Sicherlich würde Gelin nur weitere nicht nachprüfbare Angaben aufgetischt bekommen, die ihn von seiner ernsthaften Suche nur abbringen würden. So verabschiedete er sich mit knappen Worten und schaute mit Erleichterung zu, wie sich die kleine Karawane wieder auf den Weg entlang des engen Gebirgspfades hinab in die Ebene machte. Nur das vierhöckrige Kamel schien ihm noch über den Rücken einen vorwurfsvollen Blick nach zu werfen.

Endlich konnte seine Suche beginnen. Die nächsten Tage machte sich Gelin an die Arbeit. Er lokalisierte und kartographierte alle einzeln stehenden Felsen; er maß die Höhe, die Luftfeuchtigkeit, Windstärke, Mondlichtintensität, Sonneneinstrahlung, Bodenfeuchte, Regenwurmdichte und notierte tausend weitere Einzelheiten, um den Standort der Aababa-Blume wissenschaftlich exakt zu charakterisieren. In Gedanken nahm schon der umfassende Artikel in seiner Enzyklopädie langsam Gestalt an, doch sein ganzes Bemühen hatte einen kleinen Schönheitsfehler: denn nie entdeckte er eine Pflanze, die er auch nur entfernt für eine Aababa-Blume hätten halten können.

Gelin hatte mit Schwierigkeiten gerechnet, denn hatte es nicht geheißen, die Pflanze wachse unterirdisch und sei nur sichtbar, wenn sie – alle 50 Jahre einmal – zur Blüte gelange? Trotzdem, hatte er angenommen, würden sich doch hier und da ihre Blüten sehen lassen; auch bei einer seltenen Art, die nur alle 50 Jahre blühe, müsse doch zu jedem beliebigen Zeitpunkt irgendwo eine Pflanze gerade am Blühen sein. Waren die Angaben in der alten Reisebeschreibung falsch? Oder musste er einfach noch viel mehr Felsen absuchen?

Am Ende der ersten Woche seiner erfolglosen Suche saß Gelin abends missmutig und fröstelnd im Windschatten eines grauen Felsbrockens, der ihm – von schräg unten aus betrachtet – eine gewisse Ähnlichkeit mit dem Gesicht eines vierhöckrigen Kamels zu haben schien, was seine Stimmung noch mehr drückte. Unter ihm breitete sich das Tal von Taramokkien aus, entlang des Flusses besprenkelt mit den fernen goldenen Lichtern, die aus den Hütten und Häuser der Hirten und Hirtinnen schienen. Weiter entfernt ballten sich die Lichter zu einem größeren Haufen zusammen, in dessen Mitte ein großes, hell erleuchtetes und noch aus der Ferne als solches erkennbare Bauwerk aufragte. Das war der Palast von Königin Dorothea.

Gelin dachte nach und ließ seinen Blick schweifen über den trostlosen Felsgrat, der sich zu beiden Seiten im Halbdunkel der windigen Dämmerung verlor. Am jenseitigen Rand des Tales erhob sich das östliche Grenzgebirge, und auch über dieses schweifte der Blick des erschöpften Gelehrten. Sein reges Gehirn stellte schnell einige komplizierte Berechnungen an, an deren Ende die entmutigende Erkenntnis reifte, dass er beim jetzigen Suchverfahren drei Jahre, sieben Monate und siebenundzwanzig Tage benötigen würde, um alle Gipfel und Felsgrate der beiden Grenzgebirge abzusuchen. Gab es denn keinen schnelleren Weg?

Wieder fiel sein Blick auf den fernen Glanz des Palastes von Königin Dorothea, der so beruhigend wie eine Kerze in dunkler Nacht leuchtete, als ihm ein Gedanke kam. Vielleicht gab es ja in Königin Dorotheas Palast eine Bibliothek? Vielleicht würde er dort auf weitere Informationen zur Aababa-Blume stoßen? Zugegeben, ein wenig unwahrscheinlich war es schon, im Lande von Hirtinnen und Hirten auf eine Insel der Gelehrsamkeit zu stoßen, wie es eine Bibliothek sein würde, aber immerhin eilte Königin Dorothea ja der Ruf voraus, eine kluge Frau zu sein. Einen Versuch war es sicherlich wert.

Mehrere Tage benötigte Gelin, bis er den richtigen Pfad ins Tal hinab wieder fand und so weit abgestiegen war, dass er auf die ersten Hirtinnen und Hirten stieß. Auf dem Rücken eines Langhaarochsen, der beständig an einer weißen Masse kaute und Gelin gelegentlich große Blasen einer gummiartigen Substanz ins Gesicht blies, die mit einem erschreckenden Knall zu platzen und Gelins Bart zu verkleben pflegten, gelangte er endlich in die Stadt, in deren Mitte sich der Palast von Königin Dorothea erhob. Umringt war er von den ärmlichen, aber sauberen Häuschen ihrer Untertanen, ein jedes umgeben von einem ausgedehnten Garten, in denen niedrige Obststräucher, eine Vielzahl von Gemüse und Kräutern und ein buntes Durcheinander der unterschiedlichsten Blumen wuchsen. Gelin würdigte die bunte Pracht mit keinem Blick, sondern eilte vor die großen hölzernen Tore von Königin Dorotheas Palast und begehrte Einlass.

»Ich bin Gelin, der Universalweise«, antwortete er mit gelangweilter Stimme auf die Frage einer Pförtnerin, die in einen langen, muffig riechenden Mantel aus Bergziegenfell gekleidet war, der ihre Figur höchst unvorteilhaft aussehen ließ.

»Ich bin Gelin, der Genius der Genii, Beleuchter der Unwissenheit, Leuchtfeuer der Gelehrsamkeit, Beantworter der Letzten Fragen, Bringer der...«

»...und Ihr wollte eine Audienz bei Königin Dorothea«, unterbrach ihn die Pförtnerin unbeeindruckt. »Das wollen alle Fremden, die so wie Ihr hier anklopfen. Wir Taramokken gehen einfach zu ihr rein.«

Sie wies in einen kleinen Innenhof, an dessen gegenüberliegender Seite sich ein hell erleuchteter Gang öffnete. »Da durch, den Gang entlang, so kommt Ihr direkt in den Thronsaal. Vielleicht ist Königin Dorothea dort. Vielleicht aber auch nicht. Um diese Zeit arbeitet sie gerne im Garten.«

Eine Königin, die im Garten arbeitete? Gelin glaubte erst, sich verhört zu haben; dann jedoch schüttelte er nur resigniert den Kopf. Was sollte man auch von so einem primitiven Volk erwarten? Schon fing er an zu bereuen, dass er seine Suche abgebrochen hatte. Sein Treffen mit Königin Dorothea würde reine Zeitverschwendung sein, aber da er nun einmal da war, wollte er wenigstens das Beste daraus machen.

Wie die Pförtnerin vermutet hatte, befand sich niemand im Thronsaal – falls der Raum, den Gelin am Ende des Ganges betrat, wirklich ein Thronsaal war. Er war zwar spärlich, jedoch geschmackvoll eingerichtet, aber das einzige Möbelstück, das mit Mühe für einen Thron hätte durchgehen können, war ein alter, geschnitzter Holzstuhl in einer Ecke, auf dem ein Stapel Dokumente in fröhlicher Unordnung abgelegt war.

Vom Thronsaal aus öffneten sich verschiedene Nebenräume, deren Türen alle offen standen. Vor einem dieser Räume blieb Gelin verblüfft stehen.

Es war eine Bibliothek, kein Zweifel. Regale entlang der Wände, die bis zur Decke reichten; kleine Tischchen mit Leselampen – und Bücher, jede Menge Bücher: in den Regalen, auf den Tischen, an einigen Stellen sogar in Stapeln auf dem Boden. In einer Ecke saßen drei kleine Hirtenkinder, in Langhaarochsenfelle gekleidet und so versunken in die Bücher, die sie in Händen hielten, dass sie nicht einmal aufschauten, als Gelin in den Raum trat.

In einer Ecke erblickte er eine Frau – nicht alt, aber auch nicht mehr ganz jung – die soeben dabei war, einige Bücher von einem der Stapel auf dem Boden zu nehmen und prüfend zu durchblättern. Sie war gekleidet in ein Bergziegenfell, dessen Saum mit einem schmalen goldenen Rand gefasst war. Als Gelin sie ansprach, blickte sie ihn freundlich an.

Gelin konnte seine Neugierde schlecht bezwingen.

»Werte Bibliothekarin«, begann er, »es überrascht mich, in diesem so abgelegenen Teil der Welt« – die Augenbrauen der Bibliothekarin hoben sich etwas – »eine Bibliothek anzutreffen. Sagt an –

habt Ihr hier Werke des Vaters aller Weisen, des unvergleichlichen Gelin?«

»Selbstverständlich haben wir Eure Werke hier«, antwortete die Bibliothekarin, und als sie die Überraschung in Gelins Gesicht sah, fügte sie trocken hinzu: »Euer Ruf, edler Gelin, ist so gewaltig, dass eure Anwesenheit in unserem Land sich nicht verheimlichen ließ. Kommt, ich zeige Euch Eure Werke.« Und sie führte Gelin um mehrere Ecken, bis sie vor einem hohen Regal standen, das bis auf drei, nein vier Bücher Gelins vollkommen leer war.

Sprachlos vor Entrüstung, wollte Gelin schon zu einer lautstarken Kritik anheben, wie es denn anginge, die Erkenntnisse aller Erkenntnisse des Vaters aller Weisen in die dritte, nein vierte Reihe zu verbannen, und noch dazu in so kläglicher Anzahl, als ihm die Bibliothekarin zuvor kam.

»Edler Gelin«, sprach sie mit entwaffnender Fröhlichkeit und strahlte ihn an, »Ihr werdet mir beipflichten, dass wahre Erkenntnis sich nicht in Regalmetern bemisst. Doch kommt – sagt an – was führt Euch zu mir? Doch sicher nicht die petrozinastischen Daten, von denen ihr erzähltet, als ihr einen Hirten gesucht habt, der euch ins Gebirge führen sollte. Nein, schaut nicht so erstaunt. Mit Eurer Methode hättet ihr die auch nicht herausbekommen, da hatte mein treuer Rokkmokk schon Recht. Ihr seid nach etwas anderem aus. Vielleicht kann ich Euch weiterhelfen. Ach Herrje, jetzt habe ich ganz vergessen, mich vorzustellen. Entschuldigt, mein Name ist Dorothea. Man nennt mich hier auch die Königin, und das bin ich wohl. Ach, schaut nicht so erstaunt. Man könnte meinen, Ihr hättet ein vierhöckriges Kamel gesehen, das gerade Kopfstand macht.« Und nach einer kleinen Pause fügte sie verschmitzt hinzu: »Das ist nicht nur so eine Redensart. Das machen sie nämlich tatsächlich manchmal.«

Gelin konnte sich zuerst nicht entscheiden, ob er die Königin wegen ihres lockeren Umgangstones belächeln oder über ihre Respektlosigkeit ihm gegenüber erzürnt sein sollte, entschied sich dann aber vorsichtshalber dafür, vorerst möglichst neutral zu bleiben, aber doch ein gewisses Quäntchen an Verärgerung auszudrücken. Er nahm mit einer knappen Verbeugung von ihrer Vorstellung Kenntnis. Nein, vor dieser Königin würde er sich nicht auf den Boden werfen, wie er es für den Halimurchen von Karam getan hätte. Aber das war ja eine andere Sache, denn ohne den finanziellen Beistand des Halimurchen hätte er den dritten Band seiner »Apologetik des gruselmanischen Workentums« kaum veröffentlichen können.

Mit knappen Worten schilderte Gelin den tatsächlichen Anlass seiner Suche. Als er geendet hatte, erwartete er, dass die Königin die Stirn runzeln, ihn erneut nach den Details fragen, nach einem Buch greifen würde, um wenigstens eine kleine hilfreiche Information zu suchen. Doch Königin Dorotheas Lippen umspielte ein Lächeln.

»Ach ja, die Beschreibung des guten alten Karisius Rosenstock«, sagte sie in munterem Plauderton. »An manchen Stellen geht die Fantasie mit ihm durch, aber das mit der Aababa-Blume hat er ganz richtig geschildert. Völlig korrekt. Ja, sie ist auch nicht häufig. Ihr könntet Jahre da oben im Gebirge verbringen, ohne sie an ihren natürlichen Standorten zu entdecken.«

»Aber meine Enzyklopädie«, stöhnte Gelin entsetzt auf. »Ich kann doch nicht Jahre nur mit diesem Artikel verbringen.«

»Also habt Ihr nicht weiter gelesen?« entgegnete Königin Dorothea, und als Gelin verwundert verneinte, lachte sie laut auf – ein helles und freundliches Lachen, bei dem es sogar Gelin ein wenig warm ums Herz wurde.

»Ach, Ihr Vater aller Weisen«, kicherte die Königin. »Hättet ihr ein wenig mehr Lesegeduld gehabt! Aber kommt mit, ich muss Euch etwas zeigen.« Und sie ergriff Gelin sanft am Arm und zog ihn mit sich, durch kleine und große Gänge und schließlich durch ein weit offen stehendes Tor, hinaus in den strahlenden Sonnenschein und unter den hohen, blauen, taramokkischen Himmel. Verwundert blickte Gelin sich um.

Er stand in einer Fläche, die ein Garten zu sein schien, und es doch nicht war. Oder doch? – ein Garten, angefüllt mit Blumen und Blüten in leuchtenden Farben, mit Bäumen und Gräsern, mit Sträuchern und kleinen Wasserflächen – aber alles wuchs durcheinander verstreut, ohne erkennbare Ordnung, ohne Beete, sogar ohne geraden Abgrenzungen – es war wohl doch ein Garten, aber ganz anders als die geordneten Rabatten und Beete, die Gelin in Gedanken mit der Vorstellung eines Gartens verband.

Ein leuchtend gelber Farbklecks zu seinen Füßen fiel ihm auf; eine kleine Pflanze blühte dort, die wenigen zarten Blüten schienen sich direkt aus dem Boden gedrängt zu haben. Etwas weiter wuchs noch eine, und noch eine – und nun erkannte Gelin, dass überall in diesem Garten die gelben Blumen wie friedliche kleine Sonnen strahlten, und als er den Blick über die niedrige Begrenzungsmauer schweifen ließ, sah er, dass sogar die Gärten der umliegenden Häuser übersät waren mit wunderbaren, dottergelben Blütenteppichen. Ein berauschender Duft erfüllte die Luft, der dem weisen Gelin das unbeschreiblich leichte Gefühl einflößte, er könne einfach empor schweben und sich wie eine der weißen, flauschigen Wolken in der Weite des Tales verlieren.

Eine schwache Ahnung beschlich ihn, und Königin Dorothea nickte ihm aufmunternd zu.

»Ja, da blüht sie, die Aababa-Blume. Alle 50 Jahre einmal.«

»Aber...aber... wie ist das nur möglich? Wenn sie doch so selten blüht? Warum sind hier so viele?«

»Überaus teurer und hochverehrter Gelin«, schmunzelte Königin Dorothea, »hättet Ihr die Ausführungen des Karisius Rosenstock zu den taramokkischen Gärten gelesen, so wüsstet Ihr, dass wir Taramokken nicht ruhen, bis alles Schöne, das es in unserem kleinen Lande gibt, auch in unserer unmittelbaren Nähe wächst. Schon vor Urzeiten haben unsere Hirtinnen und Hirten herausgefunden, dass die Aababa-Blume zwar in der freien Natur höchst selten wächst, sich aber bestens für unsere Hausgärten eignet. Jedes Mal, wenn eine Blüte gefunden wurde, warteten die Entdecker, bis sie Samen gebildet hatte, und ließen diese dann in unseren Gärten keimen. Die Aababa-Blume lässt sich gut vermehren, wenn man sie richtig behandelt. Natürlich weiß man nie, wo sie im Garten wächst, solange sie nicht blüht. Aber alle 50 Jahre erscheint sie dann mit Blüten wie kleine Sonnen und wärmt unser Herz. Und da über die Jahrhunderte so viele Samen von Aababa-Blumen, die in unterschiedlichen Jahren blühten, von unseren Vorfahren gesammelt worden sind, können wir uns nun an fast jedem Tag des Jahres irgendwo an einer ihrer Blüten erfreuen.«

Gelin schüttelte verwundert den Kopf. »Aber dass so viele auf einmal blühen! Das kann doch kein Zufall sein!«

»Ist es auch nicht«, lachte Königin Dorothea. »Als ich geboren wurde, brachten Hirtinnen und Hirten meinen Eltern eine besonders große Menge an Samen, von denen die meisten noch am gleichen Tage keimten. Sie wurden im Garten unseres Schlosses und in vielen der benachbarten Gärten verteilt. Und nun gelangen sie alle zusammen in großer Zahl zur Blüte. Heute. Jetzt. An meinem fünfzigsten Geburtstag.«

Noch während sie dies sagte, erschallten freudige Rufe von der staubigen Straße jenseits von Königin Dorotheas wildem Garten. Eine kleine Gruppe von Hirtinnen und Hirten hatte die Königin entdeckt und begann, ihr aus rauen Kehlen ein erstaunlich harmonisches, vielstimmiges Ständchen zu singen. Die Königin winkte ihren Untertanen lächelnd zu, hinter deren Rücken nun die zerzauste Mähne eines vierhöckrigen Kamels auftauchte.

Gelin schien es, als zwinkere das große Tier ihm verschmitzt zu.

Wie ich zu meiner Hochzeitsgeschichte kam

Mir wollte einfach nichts Gescheites einfallen. Da saß ich nun und sollte eine Geschichte schreiben, eine Hochzeitsgeschichte für Gisela und Peter, und einige Gedanken waren tatsächlich auch schon gekommen, aber sie verknubbelten sich nicht so recht zu etwas, das ich auf der Hochzeit würde vorlesen können. Ich war nicht zufrieden, aber zugegeben, die Anforderungen waren auch ziemlich hoch. Kurz müsste sie sein, die Hochzeitsgeschichte, denn auch dem geduldigsten Hochzeitspublikum geht einmal die Puste aus beim Zuhören. Vielleicht lustig, zumindest fröhlich, und natürlich ein wenig romantisch, und dabei doch spannend und einfallsreich. Alles das, was eine gute Geschichte halt auszeichnet.

Doch mir wollte nichts Zündendes einfallen. Die Tage verstrichen, die Hochzeit rückte näher, ich erfuhr vom Zeremonienmeister, dass man schon meinem Vorlesen entgegenfieberte, und fühlte eine zunehmende Unruhe – vielleicht wäre sogar das Wort Panik angebracht – in mir aufsteigen.

So tat ich das, was ich manchmal mache, wenn ich nachdenken muss: Ich setzte mich in unser Kanu, paddelte hinaus auf den See und ließ mich treiben. Es war ein heißer Nachmittag, die Sonne schwamm in einem tiefblauen Himmel und spiegelte sich in gleißenden, flirrenden Mustern im grünblauen Spiegel des Sees. Wenn ich direkt von oben auf das Wasser schaute, schossen die Sonnenstrahlen an mir vorbei und verloren sich als zitternde Lichtvorhänge in der grünen Tiefe. Einmal vermeinte ich, tief unten die Umrisse eines großen, funkelnden Gebäudes zu sehen, aber im nächsten Moment löste es sich auf in die Silhouette großer, dunkler Felsen.

Eine tiefe Ruhe überkam mich, und ich hing meinen Gedanken nach. Eine Libelle landete auf dem Rand des Kanus und putzte ihre großen Augen, wobei sie ihrem Kopf die erstaunlichsten Verrenkungen zumutete. Vielleicht konnte ich eine Hochzeitsgeschichte aus einer Libelle machen? Mal sehen, eine Libelle ist flink und wunderschön, angenommen, sie trifft...

»Was machst du da?« riss mich eine Stimme aus allernächster Nähe aus meinen Gedanken. Ich zuckte so zusammen, dass das Kanu ins Schaukeln geriet, und schaute mich erschreckt um. Kein Boot war in der Nähe, aber direkt neben meinem Kanu schwamm ein Kopf auf dem Wasser, augenscheinlich der einer jungen Frau. Sie schaute mich mit nachdenklich zusammengezogenen Augenbrauen an. Plötzlich glitt ein Lächeln über ihr Gesicht.

»Oh, habe ich dich erschreckt?« Der Kopf tauchte unter, erschien gleich darauf neben dem Bug meines Kanus und lachte mir deutlich zu.

»Entschuldigung. Wollte dich nicht erschrecken. Darf ich reinkommen?«

Und bevor ich mich's versah, glitt mit einem Sprung aus dem Wasser und in einer einzigen, flüssigen, silbrigen Bewegung eine Seejungfrau in mein Kanu, ohne dass dieses auch nur ins Schwanken gekommen wäre. Schlagfertigkeit war noch nie meine Stärke gewesen, und ich fürchte, ich saß einfach nur da und starrte sie an. Sie machte es sich im Bug des Kanus bequem, was bedeutete, dass sie ihren langen, in einer breiten Flosse endenden Schwanz graziös unterschlug und sich die goldenen Haare aus dem Gesicht schüttelte, dass das Wasser nur so spritzte. Sie grinste mich an.

»Also, was machst du denn da?« fragte sie erneut.

»Ich... äh... also...« Ihre Augen waren seegrasgrün, mit einem Schuss Rotalge darin, und sie trug ein elegant geschnittenes, schuppenbesetztes Kleid, das in allen Regenbogenfarben leuchtete und bei jeder ihrer Bewegungen leise klirrte.

»Ich... ich muss eine Hochzeitsgeschichte schreiben... für ganz liebe Freunde... und mir fällt nichts so richtiges ein...« stotterte ich. Mein Gott, da blamierte ich mich vor einer Seejungfrau! Sie schien es jedoch nicht zu stören.

»Eine Hochzeit?« fragte sie und runzelte die Stirn. Unter ihrem Fischschwanz sammelte sich eine kleine Wasserpfütze, aber die Sonne würde sie schnell trocknen. »Was ist denn das, eine Hochzeit?«

Jetzt war ich verblüfft. Zugegeben, wir sind ja alle über das soziale Leben der Seejungfrauen und -männer nicht im Detail informiert, zumindest mein Biologieunterricht hat das immer ausgelassen, aber ich hätte nie gedacht, dass eine Seejungfrau nicht wüsste, was eine Hochzeit ist.

»Na ja...« begann ich zu erklären, »zwei Menschen heiraten, wenn sie sich lieben und immer zusammen bleiben wollen.« Ich zögerte. Ein bunter Falter war auf der Hand der Seejungfrau gelandet, und sie ließ ihn über ihre ausgestreckten Finger spazieren, zwischen denen sich, wie ich erst jetzt sah, Schwimmhäute spannten. Sie sah mich erwartungsvoll an, und ich wurde mutiger. »Heiraten denn bei euch die Menschen... ich meine, heiratet ihr nicht?«

»Nein«, antwortete sie, und es klang sehr bestimmt, aber ich meinte, darin auch eine Frage herauszuhören, was es denn mit diesem »Heiraten« auf sich habe.

»Na ja, wenn man heiratet, gibt es ein großes Fest, und man lädt seine Familie und ganz viele Freunde ein, und wenn man will, geht man in eine Kirche und heiratet dort, denn eine Heirat ist ein ganz, ganz wichtiger Schritt im Leben, und man verspricht, immer füreinander da zu sein und sich zu lieben in guten wie in schweren Tagen, und sich immer zu verzeihen, und man nimmt sich vor, nie im Streit miteinander einen Tag zu beenden, und die Schwächen des anderen mit Humor zu nehmen, und auf seine Stärken zu bauen, und wenn man zusammen Kinder bekommt, wird man als Eltern für sie sorgen, und nachdem man sich das alles vorgenommen hat, gibt es danach, wie gesagt, ein ganz großes Fest und Musik und Tanz und viel tolles Essen und Spiele und Späße, die die Freunde mit einem machen, und Gedichte werden aufgesagt und Geschichten erzählt...« und an dieser Stelle fiel mir meine eigene missliche Lage mit der noch nicht geschriebenen Hochzeitsgeschichte ein, und ich erzählte ihr auch das.

»Schön ist das«, sagte sie verträumt, und blickte auf den Falter, der sich jetzt still auf ihrem Arm sonnte. »Das mit der Hochzeit, meine ich. Das gefällt mir. Für deine Geschichte habe ich aber leider auch keine Idee. Hast du denn auch geheiratet?«

»Ja«, erwiderte ich. »Und das war ganz wunderschön und ein richtig toller Tag, den ich nie vergessen werde.«

Ein blitzendes Juwel fiel aus der Luft neben die Seejungfrau. Es war ein Eisvogel, der sich auf den Kanurand setzte, kurz seinen Schnabel ganz zutraulich an ihrem Schuppenkleid rieb und in einem Wirbel türkisfarbener Federn wieder davonflog. Ich staunte, als das Kleid der Seejungfrau langsam die Farben des Eisvogels annahm. Es stand ihr gut.

Ich wollte es nun wissen. »Hast du denn niemanden, mit dem du... ein Leben lang gerne zusammenbleiben würdest?«

Sie schaute mich aus großen Augen an und lächelte. »Doch, das habe ich«, sagte sie bestimmt. Und dann schien sie über meine Schulter zu schauen und jemandem anderen zuzulachen.

Es platschte hinter meinem Rücken, als bewege sich ein schwerer Körper im Wasser, und plötzlich sprang ein großes, braunes Wesen über den Rand des Kanus und setzte sich inmitten eines Schwalls von Wasser, der mich völlig durchnässte, auf den Boden des Kanus. Das Kanu wackelte bedenklich, und ich warf mich auf die Seite, um die Bewegung auszugleichen. Die Seejungfrau und das ... nun ja, Wesen... blieben unbeeindruckt davon, dass wir fast umgekippt wären. Kein Wunder, sie waren ja eh aus dem Wasser gekommen.

Endlich hatte ich mich gefangen und konnte mir den neuen Bootsinsassen, der nun in der Mitte des Bootes zwischen mir und der Seejungfrau saß, genauer betrachten. Es war ein Seebär, ganz klar, groß und kräftig, der mich nun aus warmen braunen Augen anblickte. In seinem dichten, schweren Fell glitzerten ungezählte Wassertropfen wie ebenso viele Edelsteine. Der Seebär kratzte sich mit einer Flossenhand, und erneut bekam ich eine Dusche ab.

»'Tschuldigung«, meinte er gutmütig, winkte mir mit der Flosse zu, als solle ich das alles nicht so ernst nehmen, und setzte sich bequemer hin. Das Boot schaukelte, die Seejungfrau quiekte nun doch erschreckt auf, und dann brannte uns Dreien wieder die Sonne auf den Pelz. Das Boot kam zur Ruhe. Große Ringe wanderten gemächlich über die Oberfläche des Sees. Irgendwo sprang ein Fisch – diesmal glücklicherweise nicht auch noch in das Boot. Es war, dachte ich, schon ziemlich voll.

»Ich habe zugehört«, sagte der Seebär mit einer tiefen, freundlichen Stimme. »Gefällt mir, das mit dem Heiraten. Was muss man denn machen, damit man heiraten kann?« Und er schaute mich fragend an. Sein langer Schnurrbart zitterte. An den Enden sammelten sich Wassertropfen.

»Nun ja... wie ich schon sagte, man muss einander lieben«, erklärte ich noch einmal.

»Das tun wir«, kamen zwei Antworten gleichzeitig, als sprächen die Seejungfrau und der Seebär mit einer gemeinsamen Stimme.

»Na, und dann muss man das Fest organisieren. Familie und Freunde einladen. An die Musik und das Essen denken. Und sich überlegen, wohin man auf Hochzeitsreise geht.« Ich erklärte mit wenigen Worten, was es mit der Hochzeitsreise auf sich hat, und die Seejungfrau und der Seebär nickten ernst.

»Wir könnten in der großen Halle in meinem Palast feiern«, begann die Seejungfrau. »Da ist genug Platz. Und die Karpfen-Combo würde sicherlich spielen, und vielleicht kommt das Hecht-Ballett, und wir könnten...«

»Und es gibt Fischtorte und Algensalat und Armleuchteralgenmousse an Schierlingseis«, fiel ihr der Seebär ins Wort, und er schloss genießerisch die Augen und verstummte, während wahrscheinlich Muschelschalen voll Schierlingseis vor seinem inneren Auge entlang zogen.

»...und als Hochzeitsreise...« die Seejungfrau verstummte scheu.

»Wir sind noch nie verreist«, seufzte der Seebär und öffnete wieder seine Augen.

»Vielleicht... ich wollte das schon immer ausprobieren...« sagte die Seejungfrau zaghaft und schaute nun mich an, während sie gedankenverloren an ihren noch feuchten Haaren zupfte. »Leihst du uns dein Boot?« Ihre Stimme war nun fest und bittend zugleich. Der Seebär nickte zur Bekräftigung. Ich war einigermaßen verblüfft. Mein Boot wollten sie leihen? Wozu das denn, wenn sie den See in seiner ganzen Länge und Breite in Windeseile durchschwimmen konnten?

»Nur mal zum Ausprobieren. Es sieht so schön aus, wenn du damit über das Wasser gleitest. Wenn es uns gefällt, dann machen wir unsere Hochzeitsreise auch in so einem Boot.«

Was sollte ich sagen? Wie widersteht man der doppelten Bitte zweier Augenpaare, das eine seegrasgrün mit einem Schuss Rotalge, das andere warm und braun und mit einem verschmitzten Glänzen? Gar nicht widersteht man. Wir waren nicht weit vom Ufer entfernt, und so paddelte ich die beiden hinüber, durch die flirrenden Reflexe auf dem Wasser und den kühlen Hauch, der aus der grünblauen Tiefe stieg. Dann stieg ich aus dem Boot, erklärte ihnen ein wenig, setzte mich ans Ufer und sah zu, wie die Seejungfrau und der Seebär gemeinsam das Paddeln lernten.

Den ganzen restlichen Nachmittag saß ich dort, einen warmen Stein im Rücken und die träge Sonne im Gesicht, umschwärmt von Hunderten kleiner und großer summender und brummender Wesen, die alle ihren ganz eigenen Besorgungen nachgingen. Manchmal schallte fröhliches Lachen über den See, hell klingend das der Seejungfrau, dunkel und wohltönend das des Seebären. Manchmal waren es erschreckte oder sogar verärgerte Ausrufe, wenn es mit der gegenseitigen Koordination nicht so recht klappen wollte und das Kanu drohte, im Schilf am Ufer stecken zu bleiben. Einmal klangen aus der Ferne sogar Laute herüber, die sich wie wütendes Schimpfen anhörten. Ich musste unwillkürlich schmunzeln. Es gibt keine bessere Vorbereitung auf eine Heirat und ein gemeinsames Leben als eine gemeinsame Kanu-Paddeltour.

Die Sonne stand schon tief am Horizont, als die beiden das Kanu wieder auf mich zusteuerten. Eine Schleppe aus flüssigem Gold lag quer über dem See. In der Ferne rumpelte Donnergrollen, und eine blendend weiße Wolkenmasse erhob sich jenseits der dunklen Wälder über dem Land, an einer Seite schon rosafarben angestrahlt wie ein Turm aus Zuckerwatte, der sich langsam im dunkler werdenden Himmel auflöste.

Als das Kanu näher zog, blendete mich die Sonne, sodass ich nur die Silhouetten erkennen konnte. Die Seejungfrau und der Seebär unterhielten sich scherzend, also war der Streit wohl beigelegt, und sie hatten offenbar auch herausgefunden, wie man das Boot gut auf Kurs hielt. Als sie noch näher herangekommen waren, sah ich, dass die Seejungfrau vorne saß. Sie ließ ihren Schwanz über eine Seite ins Wasser hängen und schuf durch kräftiges Rudern einen ordentlichen Vortrieb. Der Seebär lag im Heck des Kanus, ein Bild tiefster Zufriedenheit, und steuerte lässig mit einer Flossenhand, während er mir mit seiner anderen zuwinkte.

In diesem Moment wusste ich ganz genau, welche Geschichte ich auf der Hochzeit von Gisela und Peter erzählen würde.

Wenige Wochen später erhielt ich durch einen Sonderboten einen grünlichen, feuchten Umschlag, der ein wenig nach Fisch und Algen roch – nicht aufdringlich, nur ein wenig, nun ja – ungewohnt. Ich ahnte bereits, was er enthalten mochte, noch bevor ich ihn öffnete, und mein Gefühl trog mich nicht.

Nun wird es bald wieder eine Hochzeit geben, und wieder werde ich eine Geschichte vor einem ausgesuchten Publikum vorlesen dürfen. Aber diesmal habe ich keine Schwierigkeiten, Ideen dafür zu finden. Auf der Hochzeit von Gisela und Peter, mit all ihren liebenswerten Gästen, werden mir sicherlich genügend Inspirationen zufliegen.

Nein, es ist etwas ganz anderes, das mir Sorgen macht. Wie um alles in der Welt soll ich bloß eine Geschichte unter Wasser vorlesen?

www.tredition.de

Über tredition

Der tredition Verlag wurde 2006 in Hamburg gegründet. Seitdem hat tredition Hunderte von Büchern veröffentlicht. Autoren können in wenigen leichten Schritten print-Books, e-Books und audio-Books publizieren. Der Verlag hat das Ziel, die beste und fairste Veröffentlichungsmöglichkeit für Autoren zu bieten.

tredition wurde mit der Erkenntnis gegründet, dass nur etwa jedes 200. bei Verlagen eingereichte Manuskript veröffentlicht wird. Dabei hat jedes Buch seinen Markt, also seine Leser. tredition sorgt dafür, dass für jedes Buch die Leserschaft auch erreicht wird

Autoren können das einzigartige Literatur-Netzwerk von tredition nutzen. Hier bieten zahlreiche Literatur-Partner (das sind Lektoren, Übersetzer, Hörbuchsprecher und Illustratoren) ihre Dienstleistung an, um Manuskripte zu verbessern oder die Vielfalt zu erhöhen. Autoren vereinbaren unabhängig von tredition mit Literatur-Partnern

die Konditionen ihrer Zusammenarbeit und können gemeinsam am Erfolg des Buches partizipieren.

Das gesamte Verlagsprogramm von tredition ist bei allen stationären Buchhandlungen und Online-Buchhändlern wie z. B. Amazon erhältlich. e-Books stehen bei den führenden Online-Portalen (z. B. iBookstore von Apple) zum Verkauf.

Seit 2009 bietet tredition sein Verlagskonzept auch als sogenanntes "White-Label" an. Das bedeutet, dass andere Personen oder Institutionen risikofrei und unkompliziert selbst zum Herausgeber von Büchern und Buchreihen unter eigener Marke werden können.

Mittlerweile zählen zahlreiche renommierte Unternehmen, Zeitschriften-, Zeitungs- und Buchverlage, Universitäten, Forschungseinrichtungen, Unternehmensberatungen zu den Kunden von tredition. Unter www.tredition-corporate.de bietet tredition vielfältige weitere Verlagsleistungen speziell für Geschäftskunden an.

tredition wurde mit mehreren Innovationspreisen ausgezeichnet, u. a. Webfuture Award und Innovationspreis der Buch-Digitale.

tredition ist Mitglied im Börsenverein des Deutschen Buchhandels.